陽だまりの天使たち

ソウルメイトⅡ

馳　星周

集英社文庫

Contents

陽だまりの天使たち　ソウルメイトⅡ

マージ、ワルテル、ソーラ、アイトール、アイセ、マイテ、
そして、将来一緒に暮らすであろう犬たちに

いつもそばにいるよ

こんなに陽射《ひざ》しが強いのに、
そんなに遊んでばかりいたら熱中症になっちゃうよ。
よその子と取っ組み合って遊ぶなんて、
怪我《けが》でもしたらどうするの。
向かいから来たワンコ、この前、すれ違う時に唸《うな》ったのよね。
違う道を行きましょうね。

いちいちうるさいんだよなあ。
そんなに心配ばかりしてたら、
楽しいことひとつもなくなっちゃうじゃないか。
ぼくたちはね、人間と違って今を生きてるんだ。
その瞬間、瞬間に、
楽しかったり嬉《うれ》しかったり怖かったり悲しかったり。
昔はこうだったからとか、あのときこうだったからなんて
考えたりしないんだよ。
今がすべて。大切なのは今だけ。
せっかくぼくらと暮らしてるんだから、
あなたたちも今を楽しもうよ。
起こるかどうかもわからないことに怯《おび》えてないでさ。

どうしよう、どうしよう。
この子はもう助からないのかしら。
この子がいなくなったら、わたしたち、どうしたらいいの?
この子のいない人生なんて考えられないわ。

どうしてそんなことばかり考えるのさ。
ぼくはまだここにいるよ。
自分の脚では立てなくなったけど、
尻尾も振れるし、ご飯も美味《おい》しいんだ。
そりゃぼく、いつかはいなくなるよ。
ぼくたちの一生は人間よりずっと短いんだから。

でも、今はまだその時じゃない。
今がすべて。大切なのは今だけ。
お願いだから、ぼくたちみたいに今を生きて。
いつか死んじゃうなんて考えるより、
今日は昨日より元気だとか、昨日より食欲があるみたいとか、
いいこと考えようよ。
だって、ぼくはここにいるんだから。
ここにいて、みんなのこと愛してるんだから。

どうしていつまでも泣いてるの？　悲しんでるの？
確かにぼくはこっちの世界に旅立っちゃったけど、
あなたたちとの楽しかった日々を覚えてるよ。

ぼくは幸せだったんだよ。
なのにどうして泣くの？
今を生きようよ。一瞬、一瞬を大切に生きようよ。
そうしたら、寂しくはあっても悲しくはないと思うよ。
覚えてるでしょう。
ぼくと暮らした日々。楽しかった一瞬、一瞬。
ぼくが幸せだとあなたたちも幸せだった。
あなたたちが幸せだったらぼくも幸せだった。
別れの時より、楽しかった時の方がずっと長かったんだから。
ぼくはずっとあなたたちのそばにいるんだよ。
ぼくとあなたたちは魂で繫《つな》がっているんだから。
魂の絆《きずな》は永遠なんだから。

だから、約束してよ。
新しい子を迎えるって。
その子に、ぼくにしてくれたのと同じことをしてあげて。
愛してあげて。幸せにしてあげて。
そしたら、その子はあなたがたのことを愛してくれるよ。
幸せにしてくれるよ。
その子との生活の一瞬、一瞬を楽しんでね。
だって、あなたたちが幸せなら、
ぼくの魂も幸せになれるから。
あなたたちの幸せがぼくの幸せなんだから。

だから、今を大切に生きてね。

トイ・プードル

Toy Poodle

1

多摩川の河川敷は、秋の陽射《ひざ》しを浴びて豊かな色彩に溢《あふ》れていた。

デッキチェアに座って日光浴をしている中年男性の足もとで、茶色い小型犬が伏せている。レジャーシートを広げた上では食べ物や飲み物を持ち寄った女性たちが談笑し、そのすぐ横には一列に並べられたケージの中で犬たちが行儀よく昼寝していた。

その光景はあまりにのどかで日常的で、保護犬の譲渡会が行われているのだとは咄嗟《とっさ》には理解できなかった。

千尋《ちひろ》が森山《もりやま》の手を強く握ってきた。森山はその手をそっと握り返した。

「いいかい？」

千尋に声をかける。千尋はニット帽を気にしながらうなずいた。

「うん」

「よし。行こう」

森山は千尋と手を繋《つな》いだまま、デッキチェアの男を目指して足を運んだ。

「神《じん》さんですか？」

声をかけると、男が顔を上げた。足もとの小型犬も同じように顔を上げて森山と千尋を見つめた。尻尾がゆらゆらと左右に揺れている。

「森山さん？」

「ええ。電話やメールでの問い合わせに親切にお答えいただいて、ありがとうございます」

「当然のことですからお気になさらずに」

男——神晃《あきら》が立ち上がり、右手を差し出してくる。森山は神の手を握りながら千尋に視線を向けた。

「娘の千尋です」

「こんにちは」

神が微笑《ほほえ》んだ。千尋のニット帽を気にする素振りも見せない。

「はじめまして」

千尋が応じると神は千尋の手を取った。

「お父さんとメールでやりとりしてたワンコ、見てみるかい？」

「はい」

「千尋ちゃんは何歳かな？」

「十三歳です」

「そうか。まだ若いのに頑張ってるんだね」

千尋の外見だけで、神は大まかなところを見て取ったらしい。頑張っているというのは、闘病に対する言葉なのだ。

「お父さんとお母さんが一緒に闘ってくれるから、平気」

「これからは、ワンコも君と一緒に闘ってくれるよ」

「ほんと？」

千尋の顔が輝いた。

「本当さ」

神には陽気で人なつっこい犬が欲しいと伝えた。何度かのメールでのやりとりの後、森山が気に入ったのはジャックという名のシェトランド・シープドッグだった。

「この子がジャックだよ」

神はとあるケージの前で足を止めた。ケージが揺れている。中にいるジャックが激しく尻尾を振っている。

「外に出してみようか？」

神の言葉に千尋が首を振った。

「他のワンコも見てみていい？」

千尋もジャックを気に入るはずだ。そう思い込んでいただけに、千尋の反応は意外だった。

「ジャックは気に入らないかい？」

神が穏やかな声で言った。

「そうじゃないけど、他の子も見てみたいの。だめ？」

「だいじょうぶ。なんの問題もないよ。ケージの中にいる子たち、好きなだけ見てきてごらん」

「うん」

千尋が朗らかに答えた。忙《せわ》しない足取りで整然と並んだケージをひとつひとつ覗《のぞ》きこんでいく。

「素敵な娘さんですね」

いつの間にか、神が真横に立っていた。

「ええ、一年前に白血病を発症しまして、辛《つら》い治療に耐えていました。先月、寛解《かんかい》したという診断が出て……」

「それはよかった」森山の話を神妙な顔つきで聞いていた神の目尻が下がった。「それで犬を飼おうと？」

「ええ。最初はペットショップで子犬を買おうと考えていたんですが、学校で捨てられる犬のことが話題になったことがあったとかで、あの子、自分でインターネットでいろいろ調べて、保護犬を飼いたいと」

「本当にいい娘さんです」

神は柔らかいまなざしを千尋に向けている。

「しかし参ったなあ。ジャックのこと、絶対に気に入ると思っていたんですけど」

「人間も犬もエネルギーを発しています」神が生真面目な口調で言った。「エネルギーの波長が合わないと、うまくいかないこともあります」

「そんなもんですか……」

「ここにいる犬たちの多くは、飼い主と波長が合わないのに、可愛《かわい》いというだけで飼われて、捨てられた子たちです――」

神が言葉を途中で切った。千尋が一番端のケージの前で立ち止まっていた。

「あのケージは……」

千尋がしゃがみ込み、ケージの中に微笑みかけた。

「なにか問題でも？」

「あのケージの中にいるのはとてもシャイで、怖がりな犬なんです。でも……」

「でも？」

「普通なら、人がケージの前を通っただけでもヒステリックに吠《ほ》えるんですが、妙だな」

「おじさん、この子を外に出しちゃだめですか?」

千尋が声をあげた。

「かまわないよ」

神が答えた。

「いいんですか?」

不安が森山の心を蝕《むしば》んだ。

「ちゃんとリードに繋ぎますから」

神はジーンズの尻ポケットから短いリードを取りだし、千尋に向かって歩きはじめた。

「その子が気に入ったのかい?」

「なんだか気になるんです」

ふたりが言葉を交わしている間も、千尋の前のケージは静かなままだった。森山は生唾を飲みこみながら神の後を追った。

「ちょっとどいてくれる?」

神の言葉に千尋がうなずいた。入れ替わるように神がケージの前に立つと、突然、甲高い吠え声が聞こえてきた。そのヒステリックな吠え方は聞く者を不安にさせるほど激しかった。だが、神は動揺を見せず、そばにいる千尋も黙ってケージの内部に目を向けていた。

「ヘイッ」

神が声を発した。短いが、威厳に満ちた声だった。途端にケージが静かになった。神が屈《かが》み、ケージを開ける。犬が出てくる前に手早くリードを付けた。

「ＯＫ」

犬が飛び出てきた。最初に目に入ったのはくるくるとカールした濃い茶色の毛だった。全身がそのカールした毛に覆われている。トイ・プードルだ。体重は四、五キロといったところだろうか。ケージから飛び出したはいいが、千尋がすぐそばで見つめていることに気づいて動きを止めた。緊張に身体《からだ》が強張《こわば》っているのが森山にもわかった。

「目を合わせないで」神が言った。「ぼくがいいと言うまで声を出してもだめ。しゃがんで」

千尋は神の指示に従った。犬と目を合わせないようにしながらしゃがみ込む。神がリードを巧みに使って犬を誘導した。犬は千尋に近づき、匂いを嗅ぎ始めた。その様子を見守りながら、神が何度もうなずいている。

「そっと手を出して、急がないで、ゆっくり」

千尋が動くと、犬は驚いたように飛び退《の》いた。だが、手を伸ばしたままの千尋が動かずにいると、再び近づき、千尋の指先を嗅いだ。

「そのままじっとしていて」

神が言った。犬が千尋の指を舐《な》めた。

「いいよ。顎の下をそっと撫《な》でてあげて」

千尋がおそるおそる指を動かした。神の言いつけを守って犬と目を合わさぬようそっぽを向いているのがおかしかった。

千尋が顎の下を撫でると、犬の短い尻尾が揺れた。いや、尻尾というよりは腰全体を左右に振っている。

「ここではチョコって呼ばれてるんだ。名前を呼んであげて」

神は微笑んでいる。その穏和な笑みからは危険の兆候はうかがえなかった。

「チョコ」

千尋が犬を見た。犬がまた腰を振った。

「こんにちは、チョコ」

千尋が犬に顔を近づけた。森山は口の中が渇いていくのを感じた。近すぎる。犬がいきなり嚙《か》みついたらだれにも止められない。

だが、犬は嚙みつく代わりに千尋の顔を舐めた。唇、鼻、頬——いたるところをぺろぺろと舐めていく。

「チョコが初対面の人間にこんなに懐くとは」

神が言った。その手はもうリードを握ってはいなかった。犬――チョコは自由になってもなお、千尋のそばを離れようとはしなかった。

「普通はないことなんですか？」

「千尋ちゃんとチョコは運命の出会いを果たしたんですよ」

意味がわからず、森山は神を見た。神は穏やかな笑みを浮かべたまま、千尋とチョコを見守っていた。

2

保護犬の譲渡会といっても、すぐに犬を連れて帰れるわけではない。犬を飼うにふさわしい家かどうかの審査があり、それをクリアしてようやく、犬を迎え入れることができるのだ。

譲渡会に行った日から、千尋はなにをするにも上の空だった。その目が輝くのは、チョコに与える新しい名前を考えている時か、母親の千佳子《ちかこ》と共に、犬を迎えるために必要なあれやこれやをネットで検索している時ぐらいだった。

あれがいい、これがいい、可愛い、可愛くない――千佳子と千尋の屈託のない笑い声が家に響くのは、千尋が発症して以来初めてのことだったかもしれない。

譲渡会を訪れてから十日後の夕方、森山のメールアドレスに神からメールが届いた。

『森山家にチョコを正式に譲渡する旨、決定いたしました。つきましては、次の週末、こちらまでお越しいただけると助かります』

メールには神が主宰するレスキュー団体の所在地を示す地図が添付されていた。

森山はオフィスを離れ、廊下に出た。スマホで千尋に電話をかけた。すでに帰宅しているはずだった。

「もしもし？　お父さん、どうしたの？」

「決まったぞ、千尋。今度の週末、チョコを迎えにいける」

「チョコじゃないよ、ダンテって名前に決めたの。でも、ほんと？　週末って土曜日？」

「そうだよ」

悲鳴に似た歓声が耳をつんざいた。森山は慌ててスマホを耳から離した。

「ダンテが来る。ダンテが来る‼」

千尋が歌うように叫んでいる。森山はその声に耳を傾けながら感慨に耽《ふけ》った。

千尋は健気《けなげ》な娘だ。辛い治療にも涙ひとつ見せずに耐え、他人にいらぬ心配をかけまいと入院治療中にも笑顔を絶やさなかった。両親ですら病名を知らされた時には世界が滅亡したかのような衝撃を覚え、悲しみのどん底に突き落とされたのだ。中学生になったばかりだった千尋が負った心の傷はどれほどのものだったろう。

消灯時間を過ぎると、布団を被《かぶ》って泣いていると看護師から聞かされたことがある。その日は森山も千佳子も千尋にかけてやる言葉が見つからなかった。辛いに決まっているのだ。苦しいに決まっているのだ。できることなら代わってやりたい。だが、実際に病魔と闘わなければならないのは千尋だった。

一年近い闘病の末、白血病は寛解し、千尋は退院した。暗かった家の中が一気に明るくなった。だが、薬の副作用で抜け落ちた髪の毛はなかなか生えそろわず、千佳子が買い与えたウィッグは千尋の部屋のタンスの奥で眠ったままだ。

復学した中学校では年下の生徒たちと机を並べ、部活にも参加せずに授業が終わればまっすぐ家に帰ってくる。友達と遊びに出かけることもせず、家に友達を招くこともない。

いじめに遭っているとまでは言わなくても、クラスで孤立しているのではないかと千佳子が心配していた。担任の教諭に連絡を取ってみると、いじめはないと思うが、入院前に比べて塞ぎ込んでいることが多いという言葉が返ってきた。

どうしたらいいのだろう。なにをしてやればいいのだろう。

そう考えてやきもきしている時に千尋が言ったのだ。

「犬を飼いたい」

森山は生き物が苦手だった。怖いのではない。ペットはいつか、自分より先に死ぬ。そのことが怖かった。千佳子も同じで、森山家でペットを飼おうという話はついぞ出たことがなかった。

だが、寛解のお祝いになんでも好きなものを買ってやると言ってもなにもいらないと言い張った千尋が、真剣な面持ちで犬を飼いたいと哀願してきたのだ。

森山と千佳子の話し合いは五分もかからなかった。

千尋のために犬を飼おう。犬が千尋の傷ついた心を癒してくれることを祈ろう。

「わかった。犬を飼おう」

森山がそう言った時、千尋の顔全体が輝き、身体つきもひとまわり膨らんだような気がした。それほどの喜びが千尋の体内で爆発したのだ。

あの時の千尋の姿は、未来永劫《えいごう》、忘れられない。

＊＊＊

神が車の後部ドアを開けるとダンテがいた。荷室の隅っこで縮こまっている。

「ダンテ」

神が声をかけた。チョコという名をダンテに変えるということは前もって伝えてあった。

ダンテが牙を剝《む》いた。甲高い唸《うな》り声をあげる。震えている小さな肩が、ダンテは怒っているのではなく怯《おび》えているのだと伝えている。

「ダンテ」

今度は千尋が声をかけた。ダンテが唸るのをやめて小首を傾《かし》げた。千尋は神の後ろにいる。ダンテからは見えないはずだった。

「ダンテ」

千尋が声のトーンを上げた。ダンテが前に進み出た。腰が激しく動いている。顔を左右に動かし、声の主を捜している。

劇的な変化だった。神のことは知っているはずだし、指示《コマンド》を出されれば言うことは聞く。それでも、神に声をかけられただけで怯えていた犬が、千尋の声を聞いた瞬間、愛くるしい生き物に変わったのだ。

千尋が動いた。神の背後から歩み出てダンテに姿を見せる。

ダンテが飛んだ。文字通り飛んだ。荷室を駆け、勢いをつけて千尋に向かってジャンプした。千尋はダンテを受け止め、顔をくしゃくしゃに歪《ゆが》ませた。ダンテのカールした毛並みに鼻を埋《うず》め、犬のように匂いを嗅いだ。

「千尋だよ、ダンテ。おまえの新しい家族だよ」

ダンテが千尋の顔を舐めた。

「だれにも懐かない子だったんですよ」神が森山の横にやってきて言った。「とにかく、自分以外のもののすべてが怖くて、ずっと殻に閉じこもってたんです」

「そうなんですか」

「我々も手をこまねいていたわけじゃなく、いろいろ試してみたんですが玉砕で。それなのに、千尋ちゃんが風のように現れて、あっという間にあの子の殻を叩《たた》き割ってしまった」

「申し訳ありません」

「森山さんが謝ることじゃないですよ」

神は破顔し、森山の肩に手を置いた。

「アドバイスがあるんですが」

「是非お願いします」

森山は頭を下げた。

「車に乗せる前、家に入れる前に散歩をさせてあげてください。なんにでも怯える子です。千尋ちゃんには懐いてますが、森山さんや奥さんには身構えるでしょう。ましてや、新しい車に新しい家です。すべてがダンテにとっては怖いものになります」

「はあ……」

「長く歩かせたり、遊ばせたりしてダンテを疲れさせるんです。疲れれば眠くなる。眠れば、恐怖心は消えます。そして、いずれは自分の新しい住《す》み処《か》に慣れていくはずです」

面倒だなと思いながら、森山はうなずいた。神はプロフェッショナルだ。彼がそうしろと言うのなら、そうしてみよう。

「お父さん、ダンテとその辺を散歩してきてもいい？」

リードも便を拾う袋もそれを入れるポーチもすべて用意してあった。

「車に気をつけるんだぞ。それから、ダンテから絶対に目を離さないこと」

「言われなくてもわかってるよ、そんなこと」

千尋はダンテを地面におろし、首輪とリードを付けた。ダンテはされるがままになっている。

「行こう、ダンテ」

千尋はリードを左手に握って歩き出した。ダンテが飛び跳ねるように続く。

「森山さん、見てご覧なさい。ダンテがリードを引っ張らない。スタッフが散歩に連れ出そうとすると、いつも嫌になるぐらい抵抗するんです」

「神さんでも手こずるんですか？」

「ぼくは別です」神が微笑んだ。「ぼくは世界中の犬から愛されているんで」

顔は笑っていたが、口調は真剣だった。

「とにかく、ダンテはもうすでに千尋ちゃんを自分より上の存在だと認めてるんです。驚きだなあ。前回ぼくが言ったことを覚えてますか?」

「千尋とダンテは運命の出会いを果たしたってやつですか?」

「そうです。彼女とダンテを見れば見るほど、そうとしか思えなくなってくるなあ」

森山は目を細めた。千尋とダンテが遠ざかっていく。その仲睦《なかむつ》まじい姿は、まるで姉弟《きょうだい》のようだった。

3

ダンテは千尋に対しては驚くほど従順だった。だが、千尋が学校に行っている昼間は手に負えない問題犬だった。

森山や千佳子がそばを通るだけで部屋の隅に駆けていって牙を剝く。唸り、吠える。千佳子が散歩に連れ出そうとしてもリードを付けさせてもらえない。食事ですら、千尋が与えるのでなければ決して口をつけようとはしなかった。

「まるで家の中に他人がいるみたい。全然落ち着けないわ」

そう言って千佳子は嘆息する。森山はその言葉にうなずいた。あそこまで徹底して拒絶されたら心が痛む。千尋に対する態度を見ていればなおさらだった。

「でも、千尋があんなに喜んでるんだし、我慢しなきゃね」

千佳子は寂しそうに微笑んで、バスルームに消えていく。寝る前に念入りに洗顔するのが彼女の日課だった。

森山はビールをちびちび飲みながら千佳子の言葉を反芻《はんすう》する。千佳子の言う通りだった。ダンテがやって来てからの千尋は間違いなく昔の明るさを取り戻していた。

朝は六時前から起き出して、ダンテと小一時間の散歩に行く。タンスの奥で眠っていたウィッグをつけて登校し、帰宅するとまたダンテとの散歩。

一度、千尋とダンテの散歩に付き合ったことがある。

千尋は徒歩で二十分ほどのところにある公園に行き、そこのドッグランでダンテを遊ばせる。遊ばせるといっても、ダンテは他の犬や人間とは没交渉だ。ダンテの目には千尋しか見えていない。千尋を追いかけ、千尋の脚にじゃれつき、走り、跳び、また走る。その躍動感は見ていて惚《ほ》れ惚《ぼ》れするほどだった。

二十分ほどそうやっていると、やがて千尋の息が上がる。運動神経はいいのだが、長い闘病のせいで体力が落ちているのだ。

「父さんが代わろうか？」

森山が言うが、千尋は首を振る。

「ダンテ、わたし以外とは遊ばないの」

「ボール遊びとかは？」

「それもだめ。ボールを投げるのがわたしならいいけど……」

ダンテが幸せならそれでいいのかもしれない。ダンテと遊ぶことで、失われていた千尋の体力が回復するならこれは理想の関係だ。だが、お互いがお互いに依存しすぎている。そんな不安が胸をよぎる。

相変わらず、千尋は友達と出かけず、友達を家に招くこともない。授業が終わると真《ま》っ直《す》ぐ帰宅してダンテの世話に明け暮れるのだ。

最近、よく笑うようになりました——担任の教諭はそう言った。ニット帽ではなく、ウィッグをつけて登校するようになってから、彼女の心に余裕ができたのではないでしょうか。

彼は知らないのだ。ダンテのことを。新しい家族ができたことを。弟のような存在のダンテを、千尋が溺愛していることを。

ダンテがいなくなったら、千尋はどうなってしまうのだろう。

動物は——ペットは、いずれ人間より先に死ぬ。ダンテが逝った後、千尋はその喪失感に耐えられるのだろうか。

取り越し苦労だ。不安が胸をよぎるたびに森山は自分に言い聞かせる。ダンテが死ぬとしても、それは何年も先のことだ。千尋も充分に成熟し、避けがたい別れを受け入れられる年齢に達している。

「千尋、今度、母さんと三人でお鮨《すし》でも食べに行こうか」

公園からの帰り道、森山は千尋に話しかけた。鮨は千尋の大好物だった。

だが、森山の予想に反して千尋は残念そうに首を振った。

「お鮨屋さんにダンテ連れて行けないから、いい」

森山の胸を、またえもいわれぬ不安がよぎっていった。

＊　＊　＊

「譲渡会で初めてお会いした時にも話しましたが――」

神がよく通る声で言った。レスキュー団体の施設にある応接室で、神が座った椅子の足もとには例の犬がいた。

「チョコ……ダンテは元々内気な性格の犬だったんです。とても内気と言っていい。とある家庭で飼われていましたが、飼い主は事情があって引っ越さねばならず、転居先はペット不可のマンションでした」

森山は何度もうなずいた。ダンテの元の飼い主は、結局、ダンテを保健所に押しつけて引っ越していってしまった。新しい飼い主が見つからなければ殺処分にされてしまうことを承知しながら、だ。

聞けば、ダンテは前の家でも可愛がられていたらしい。家族の一員として、それなりに幸せに暮らしていた。それなのに、引っ越しが決まった途端、家族から弾《はじ》き出されてしまったのだ。

引っ越し先がペット不可？　最初からペット可のマンションだけを探せばいいことではないか。なぜそうも簡単に命を、家族を切り捨てることができるのだろう。

「ダンテには相当ショックな出来事だったと思います。住み慣れた家から、いきなり保健所のコンクリ打ちっ放しの檻《おり》の中に入れられ、家族と引き離されたんですからね」

「ええ、わかります」

「ダンテは人間不信に陥った。元々シャイな性格ですから、人間が怖くて怖くてしょうがなくなった。強靭《きょうじん》な殻を作り、その中に閉じこもったんです。千尋ちゃんがその殻を破りましたが、他の人間に対してはまだその殻は有効なんです。ですから、時間がかかります。千尋ちゃんは特別なんです、ダンテにとって。お互いに深く傷ついていた。そのエネルギーがお互いを引きつけあったんです」

森山はうなずいた。神の言葉には説得力があった。

「ですから、焦らないでください。こういうことには時間がかかります。ダンテのような殻に閉じこもってしまった犬には、普通、里親が現れません。正直なところ、ぼくも半分諦めていたんです」

「諦めるってどういうことですか？」千佳子が口を開いた。「まさか、殺処分にするつもりだったとか……」

「違います。ぼくが自分で引き取るつもりでした。ぼくには心を開いてくれていましたから」神は足もとの犬に視線を落とした。「この子との相性はあまりよくなかったんですが、それはアルファであるぼくがしっかりしてればいいだけのことですから」

「アルファですか？」

森山は首を傾げた。

「簡単に言えば、群れのボスのことです。犬はボスに従うために生まれて来るんです。だから、人間がボスになっている家庭では、犬は幸せです」

「なら、うちはだいじょうぶですね。千尋は完全にダンテのボスです」

神が首を振った。

「千尋ちゃんだけじゃだめです。お父さんもお母さんもボスにならなきゃ。そうすることができれば、ダンテは千尋ちゃんと同じようにお二方にも愛情を示すようになります」

「しかし、どうすればいいのか……」

言うは易く行うは難し。

「簡単ですよ」神が腰を上げた。「威厳を持って接すればいいんです。ちょっとついてきてもらえますか？」

神に従って応接室を出た。廊下を奥へ進んでいくと広い部屋に突き当たる。壁際にいくつものケージが積まれていて、十数匹の犬が収容されていた。女性スタッフがふたりいて、忙しなく犬たちの世話を焼いていた。

「木下《きのした》さん、あの子、ケージの外に出したいんだけどいいかな？」

木下と呼ばれた中年の女性が一瞬、表情を曇らせた。その横を通りかかった別のスタッフが口を開く。

「神さんならだいじょうぶよ」

木下さんがうなずき、左奥のケージに近づいていった。途端に、中にいた犬が牙を剝いて吠えはじめた。

「一昨日保護したパピヨンです」

神が木下さんの横に移動する。

「前の飼い主が躾《しつけ》もなにもしなくて、自分がこの世界の支配者だと思っているんですよ」

「どうしてここで保護することに？」

「結局、飼い主が持てあましてしまったんです。気に食わないことをすると、すぐに噛みつかれるんでね」

神が口を閉じた。ケージの前でしゃがみ右の肘を突き出す。ケージ越しにパピヨンが鼻をうごめかせた。しばらくすると、またけたたましく吠えはじめた。

神は深く息を吸い込んだ。そして、パピヨンをじっと見つめた。睨《にら》むのではない。かといって視線が弱々しいわけではない。落ち着いたまなざしをパピヨンにただ向けている。

パピヨンは牙を剝き、両方の前脚でケージを激しく引っ搔《か》き、吠え、唸る。遮るものがなければ間違いなく神に飛びかかり、噛みつくだろう。その様子を見守っていた千佳子の顔が歪んでいる。パピヨンは小型犬だが、その迫力は凄《すさ》まじかった。犬には牙がある。小さかろうがなんだろうが、恐ろしいことに変わりはない。

パピヨンに変化が起きた。威圧的だった吠え方が戸惑いを含んだものに変わったように思えた。神は相変わらずパピヨンを見つめているだけだった。

パピヨンの吠え声は次第に弱まっていく。それと同時にパピヨンはケージの奥の方に後ずさっていった。

「よし。いい子だ」

神がケージを開けた。持っていたリードを手際よくパピヨンに装着し、ケージの外に誘導する。

「いきなりおとなしくなりましたね」

「この世界の支配者は自分じゃないということに気づいたんです」

「神さんの威厳に屈したということですか？」

神がうなずいた。

「元々、性格のいい子なんですよ。ただ、飼い主に甘やかされるだけ甘やかされてしまったんです。ちょっとこちらへ来てください」

森山が足を踏み出すとまたパピヨンが激しく吠えはじめた。だが、神がすばやくリードを引き、鋭く短い声で「ノー」と発した。パピヨンは吠えるのをやめ、神を見上げた。

「うるさいだとか、黙れとか、そういう声をかける必要はないんです」神が言った。

「この子はもうぼくを自分のアルファだと認めましたから、意思を伝えるだけでいい」

「超能力みたい」

千佳子が呟《つぶや》いた。

「違いますよ、奥さん。ぼくは犬のことをよく知っている。そして、知識を得れば、奥さんにも同じことができる。それだけのことなんです」

納得がいったようないかないような表情を浮かべて、千佳子は首をひねった。

4

神が言うほど簡単には事は進まなかった。

威厳を持って接しているつもりでも、自分でそう思っているだけで、犬にはこちらの底の浅さを見透かされてしまうのだろう。春が早足で駆け去り、夏が終わって秋が来ても、ダンテは森山と千佳子に懐こうとはしなかった。

家に来た当初のような拒絶反応は薄れている。しかし、すべてを託したというような千尋に対する態度と、森山と千佳子に対する態度には大きな隔たりがあった。

こちらから近づけば下がる。無理に触れようとすると震えだす。

それでも、千尋以外の家族が出した器からでも餌を食べるし、向こうからこちらに近づいてくることもある。本当に少しずつではあるが、家族としての絆《きずな》は日々強まっているのだ。

なにより、千尋の明るい声が響くだけで森山も千佳子も幸せな気分に浸ることができた。

千尋が白血病だと知らされた時の恐怖。森山の骨髄も千佳子の骨髄も、ありとあらゆる親類の骨髄も千尋とはマッチしないと聞かされたときの絶望。わたしは死んでもいいから千尋を助けてくれと医者に縋《すが》りついた千佳子の泣き顔。すべては遠い過去のことに思える。時の流れを速めてくれたのは、間違いなくダンテだった。

森山は早く帰宅するようになった。以前は残業や友達付き合いで、週の半分は深夜近い帰宅になることがままあった。だが、ダンテが来てからは仕事以外の用事はすべて断った。

笑っている千尋を見ていたかったからだ。漆黒の瞳で千尋の一挙手一投足を追うダンテを見ていたかったからだ。

なかなか懐いてはくれない。散歩にも連れ出せない。それでも、ダンテは間違いなく家族の一員だった。

その思いは千佳子も一緒だろう。千尋の看病をしている間にやつれ、老けてしまった千佳子は、しかし、少しずつ実年齢にふさわしい表情や肌の張りを取り戻していた。

家族の調和が取れている。妻と娘、そしてダンテと共に時間を過ごすことが、森山にとっての幸せだった。

ダンテは先月、三歳の誕生日を迎えた。小型犬の寿命は十五歳前後だと神に教えられた。ダンテが旅立つ頃には、千尋もだれかいい相手を見つけてこの家を出ているかもしれない。

その日が来るのができるだけ遅くなりますように。

ゴムまりのように飛び跳ねるダンテと、ダンテに向かって微笑む千尋を見ながら、森山は夜ごと祈った。

＊＊＊

正月休みが明けると、千尋が体調を崩した。身体が怠《だる》いと訴え、寝込んでしまった。体温を測ると微熱があった。インフルエンザが流行しており、千尋の通う中学校でも学級閉鎖になるクラスがあった。千尋も感染してしまったのかもしれない。

森山はいつもより一時間早起きして千尋の部屋のドアをノックした。

千尋は目覚めていたが顔色は冴《さ》えなかった。ダンテが千尋の頰に背中を押しつけるようにして丸まっている。

「おはよう。調子はどうだ」

「昨日よりはよくなったかな？　でも、まだ怠い」

「今日、母さんと病院に行っておいで」

「うん。でもお父さん、どうして早起きしてるの？」

「千尋の代わりにダンテと散歩に行くんだ」

「ダンテ、お父さんの言うこと聞くかな？」

「聞かせるよ」

森山はベッドに近づき、ダンテに手を伸ばした。

「散歩に行こう、ダンテ」

ダンテが身体を起こした。助けを求めるように千尋に目を向ける。

「お父さんと行ってきて、ダンテ。わたしは行けないの」

千尋の声に、ダンテは首を傾げた。

「千尋のお父さんだよ。ダンテの嫌なこと、しないから。ね？」

ダンテが千尋に気を取られている間に、森山は持ってきたリードを首輪に繋いだ。

「さ、行くぞ、ダンテ」

リードを引くと、ダンテが身を強張らせた。数日前に神とやりとりしたメールの内容を思い起こす。

焦ってはいけない。ダンテがその気になるまで、忍耐強く待つのだ。

リードを持ったまま、じっとダンテを見つめた。カールした毛の向こうで、漆黒の瞳が戸惑いを訴えている。

「千尋は具合が悪いんだ。おまえが我儘《わがまま》を言うと、千尋が困るんだぞ」

軽くリードを引いた。ダンテが右の前脚を出した。

「その調子だ」

穏やかに声をかける。常に穏やかでいることが重要なんです――神はそう繰り返していた。

またリードを引く。ダンテがおっかなびっくり前に進む。

「できるじゃん、ダンテ」

千尋が嬉《うれ》しそうに言った。

「さあ、勇気を出して」

さらにリードを引く。ダンテがベッドから飛び降りた。

「いい子だ、ダンテ。さあ、行こう」

ダンテは千尋を振り返った。千尋が微笑みながらうなずく。ダンテは意を決したというように森山を仰ぎ見た。

「さっさと行って、さっさと帰って来よう。千尋のそばにいたいんだろう?」

寝室を出た。ダンテがついてくる。リードはたるんだままだった。

この時季にしては気温は高めだった。ダンテが驚かぬよう、ことさらにゆっくり歩く。

ダンテは何度も後ろを振り返りながらついてきた。

「なんだよ。千尋と一緒の時は飛び跳ねるみたいに歩いてるくせに」

そうは言ったものの、気分がよかった。初めて、ダンテと散歩に出ることができたのだ。

「なあ、ダンテ。そんなに千尋が好きか？」

声をかけると、ダンテの耳が持ち上がった。

「おれも千尋が大好きだ。おれたち、仲間だな」

家から離れれば離れるほど、ダンテの足取りが軽くなっていく。

「その調子だ、ダンテ。千尋だけじゃない。おれも千佳子もおまえの家族だ。おまえの群れなんだ」

ダンテが弾むように歩く。森山は笑った。腹の底から笑った。こんなに気分がいいのは、「寛解です」と医者が言った時以来だった。

＊＊＊

「ほら、これが証拠だ」

森山は同じ課の中村妙子《なかむらたえこ》にスマホの画面を見せた。今朝、散歩の途中で撮ったダンテの写真が表示されている。

中村妙子は森山より十歳ほど若く、実家でトイ・プードルを飼っている。ダンテが来るまではあまり口を利いたこともなかったが、最近では犬の話題で盛りあがることが多くなっていた。

「一年経《た》って初散歩なんて凄《すご》いですよ。聞いたことないなあ」

「おれもこんなに時間がかかるとは思ってなかった。まさか、犬があんなに頑固だとはな」

「素直な子はとことん素直なんですけどね。でも、ダンテってやっぱりイケメン君ですよね。千尋ちゃんが一目惚れしたのもわかるなあ」

中村妙子はスマホに表示されているダンテをしげしげと見つめた。

「そうなのか？　他のトイ・プードルを知らないから、よくわからないんだけどな」

「口吻《マズル》――鼻の部分をそう呼ぶんですけど、顔とマズルのバランスがいいんですよ。それに、この目。なんだか、思慮深い人間の目みたいだと思いません？」

「そうかなあ……臆病でいつもおどおどしてるぞ」

「でも、この写真はちゃんと森山さんの方を見てるじゃないですか」

「そりゃそうだけど……」

中村妙子が手にしていたスマホから着信音が鳴り響いた。スマホを受け取り、画面を確認する。千佳子からの電話だった。

「ちょっと失礼」

森山はデスクを離れ、廊下に移動した。着信音が鳴り続けていることに首を傾げた。千佳子は日中は仕事の邪魔になるかもしれないからと、二、三度コールすると電話を切ることを習慣にしていた。後で時間ができた時に森山がコールバックする。

嫌な予感に胸がざわついた。

「もしもし？　どうした？」

「再発だって」

千佳子は泣いていた。泣きながら話す言葉は輪郭が崩れ、不明瞭だった。

「なんだって？」

「千尋の白血病が再発した可能性があるって、お医者さんが……」

最後まで言い終わらずに千佳子が嗚咽《おえつ》した。

「嘘《うそ》だろ……」

森山はスマホを耳に押し当てたまま凍りついた。千佳子の泣き声しか聞こえず、目は開いているはずなのになにも見えてはいなかった。

5

骨髄検査の結果、千尋は急性骨髄性白血病と診断された。再発だった。

抗癌剤《こうがんざい》による過酷な治療がまたはじまった。だが、前の時と同じく、千尋は辛いという感情を森山たちに見せようとはしなかった。病室に行くと、いつも微笑みかけてくれる。その心遣いがあまりにも痛々しかった。

入院したばかりのころ、なにか辛いことはないかと訊《き》いたことがあった。千尋はダンテと一緒に眠れないのが寂しいと答えた。

ダンテも千尋の不在を嘆いているかのようだった。食欲が落ち、散歩に出ても排泄《はいせつ》を済ますと家に戻りたがる。

「ダンテを病院に連れて行くわ」

千佳子がそう言って、毎日ダンテを病院に連れて行った。もちろん、ダンテは病院内には入れない。千尋が病院の外に出て、ダンテと面会するのだ。

初めてダンテを連れて行った日、千佳子が千尋とダンテの様子をスマホで撮影し、動画ファイルをメールで送ってくれた。

見知らぬ場所で緊張しているダンテの姿がまず映し出される。ダンテのリードはベンチの脚に結びつけられている。そこに、ダンテを呼ぶ千尋の声が飛び込んでくる。ダンテの顔つきが変わる。激しく腰を振る。千佳子の足もとで飛び跳ねる。

歓喜のダンスがはじまった。

スマホのレンズが千尋を捉える。千尋もまた喜びに顔を輝かせて駆けてくる。

ダンテ！　ダンテ‼　ダンテ!!!

まるで一年に一度しか会えぬ恋人同士のように、千尋はダンテの名を叫び、ダンテは千切《ちぎ》れんばかりに尾を振る。

画面がぶれる。千佳子がベンチに結びつけていたリードを外したのだ。

千尋が両手を前に突き出した。ダンテが千尋に向かって駆けていく。飛ぶ。ロケットのように、千尋の胸に飛び込んでいく。

千尋がダンテを抱きしめる。頬ずりをする。

ダンテは千尋の顔を舐めまくる。

「会いたかったよ、ダンテ」

千尋が言う。

ぼくもだよ――答える代わりにダンテは千尋の頬を舐める。

そこで森山は動画を停止させた。涙で視界が滲《にじ》んでいた。顔を押さえながらトイレに駆け込み、個室で泣きながら祈った。

神様、どうか、千尋をお助けください。あれだけ愛し合っている千尋とダンテが一緒に暮らせるよう、力を貸してください。

＊＊＊

「お父さん、最近、ダンテ、いい子でしょ？」

日曜日の午後、森山が病室に入ると千尋が顔を上げた。

「ああ。人が変わったっていうか、犬が変わったみたいにいい子だ」

「わたしがよく言い聞かせたの。わたしの代わりに、お父さんとお母さんのこと、よろしく頼むねって」

胸に痛みが走った。

「代わりに？」

「入院してる間ね」

「そうか」

森山は微笑もうとしたが、筋肉が強張ってうまく笑えなかった。

「我が儘言ったり、駄々をこねたりしたらお父さんとお母さんが困るんだから。ふたりが困ったら、わたしも悲しいんだからって、何度も何度も言い聞かせたの」

森山はうなずいた。ダンテの最近の変化には驚かされていた。今では森山だけでなく、千佳子とも散歩に出る。森山や千佳子が与える餌やおやつも躊躇《ちゅうちょ》せずに食べ、時に甘えるような仕種《しぐさ》さえ見せることがあった。

「そしたらね、ダンテがわかったって言ったの」

「本当に？」

千尋が笑いながら首を振った。

「そんな気がしただけなんだけど……あの子、絶対にわかってくれたと思ったんだ」

「そうか」森山はベッド脇に出ていた丸椅子に腰を下ろし、千尋の手を握った。「父さんもそう思うよ。ダンテは千尋がなにを望んでるか、ちゃんとわかってるんだ」

「そうだよね？　絶対そうだよね」

千尋が手を握り返してきた。悲しくなるぐらいに痩せて骨ばっている。笑ってはいるが、顔色も悪い。抗癌剤治療は確実に千尋の体力を奪っていく。できることならこんな治療はやめさせたい。しかし、現代医学ではこれしか千尋を救う方法がない。愛娘《まなむすめ》が苦しんでいるのをただ見守るしかないというのは想像を絶する苦痛だった。

「ダンテ、連れてきてくれなかったの？」

「お母さんが午前中に連れてきただろう」

「しょっちゅう会いたいよ」

「退院すれば、いやでも会える」

「そうだよね。ダンテのためにも、早く病気治さなくちゃ」

「これ」

森山はUSBメモリを千尋に手渡した。スマホで撮ったダンテの動画をコピーしたものだ。普段のダンテを見たいという千尋のたっての願いで森山が撮影した。

「わあ。今すぐ見てもいい？」

上がった。

「もちろん」

千尋がタブレット端末にＵＳＢメモリを差し込んだ。動画再生ソフトが自動的に立ち上がった。

ダンテの顔が画面一杯に現れる。

『ダンテ、千尋に見せるんだからな、いい顔しろよ』

森山の声が流れてくる。千尋という言葉を耳にした瞬間、ダンテの耳が持ち上がる。

「千尋の名前、ちゃんとわかってる」

「うん」

千尋は目を輝かせて動画に見入っていた。ご飯を食べるダンテ。散歩途中のダンテ。眠っているダンテ。病院の敷地内では見られないダンテを森山は撮り溜《だ》めた。

「ダンテ、お母さんにも尻尾振ってる」

食事風景を映した場面で千尋が声を張り上げた。森山は他の入院患者たちに頭を下げた。だが、機嫌を損ねている人間はひとりもいなかった。みんな、千尋の喜びを我がことのように受け止めてくれているようだ。

同室の患者は三名。ひとりは千佳子と同じ年齢で、残りのふたりは六十歳を超えている。千尋を娘や孫のように可愛がってくれていた。

「ちょっと、森山さん」

最年長の小林《こばやし》トクが森山に手招きした。

「どうかしましたか？」

動画に夢中になっている千尋のそばを離れ、森山は小林トクのベッドへ移動した。

「今度、こっそりワンちゃん連れてきなさいよ」

「はあ。しかし……」

「わたしたちなら気にしないから。ねえ」

小林トクが他のふたりに目配せした。ふたりがうなずいた。

「千尋ちゃん、毎日頑張ってるんだよ。ご褒美あげなきゃ。それがワンちゃんでしょ」

「いいんですか？」

「先生や看護師さんたちに見つからないようにね」

「今度、連れてきてみます。ありがとうございます」

「早く良くなるといいねえ、千尋ちゃん」

穏やかな笑みを浮かべた小林トクに頭を下げ、森山は千尋のベッドへ戻った。

「ねえ、お父さん、ダンテは夜、どこで寝てるの？」

昼寝するダンテの映像を見ながら千尋が訊いてきた。

「リビングのソファかな？」

森山は嘘をついた。

「そうなの？」

「うん。毎晩、ソファで寝てるよ」

「そっか……ダンテ、寂しくないのかな」

「千尋が退院してきたら、毎晩一緒に寝られるぞって言い聞かせてるから、寂しくなんかないさ」

森山は千尋の肩に手を置いた。

ダンテは毎晩、千尋のベッドで眠る。千尋が戻るまで、自分が千尋の部屋を守るのだと言わんばかりに。森山や千佳子がベッドからおろそうとすると、牙を剝き、唸り、吠えた。まるで、昔のダンテに戻ったかのようだった。

ダンテは毎晩おまえのベッドで寝ている。おまえが戻ってくるまでおまえのベッドを守っている。

そう言えば、千尋は勇気づけられるだろうか。それとも、ダンテと一緒に寝られない今の境遇を嘆くだろうか。

どちらとも言えなかった。

この後帰宅すれば、ダンテは森山にまとわりついてくる。森山についた千尋の匂いを嗅ぐのだ。嗅いで嗅いで嗅ぎまくって、途方に暮れたような目で森山を見上げる。

千尋はいつ戻ってくるの？

森山はいつも、その真っ直ぐな視線に耐えられずに目を逸《そ》らす。

＊＊＊

面会時間は終わっていたが、顔見知りの看護師が短い時間ならと言って病室に入ることをゆるしてくれた。

「着替えが足りないと言うものですから」

森山は言わずもがなの言い訳を口にした。右手にぶら下げたスポーツバッグの中にはダンテが入っている。

「本当に申し訳ございません」

千佳子が深々と頭を下げた。

病室に入ると、千尋以外の三人が一斉に森山たちを見た。森山は人差し指を口に当てた。看護師の足音が遠ざかっていく。

「ダンテ、絶対に吠えるなよ」

バッグを持ち替え、千尋のベッドに近づいた。バッグの中で、ダンテがもぞもぞと動いた。千尋の匂いに気づいたのだ。

千尋は眠っていた。げっそりとこけた頬が痛々しい。ここ数日、千尋は食事も満足に取れないほど衰弱していた。千佳子が口元を押さえた。目が潤んでいる。森山は空いている手で千佳子の右手を握った。千佳子が握り返してくる。

「みなさん、ありがとうございます」

千佳子は振り返り、同室の三人に声をかけた。

「いいんだよ。大好きなワンコに会えたら、千尋ちゃんも元気になるからね」

小林トクが言った。千尋はベッドから出ることもできず、病院の外の敷地でダンテと会うこともかなわなくなっていたのだ。

「千尋」

森山は声をかけ、千尋の肩に手を置いた。千尋が瞼《まぶた》を痙攣《けいれん》させた。

「千尋、ダンテを連れてきたぞ」

バッグをベッドの端に置く。中からダンテを抱き上げた。ダンテは森山の手から逃れようと激しく身体をよじらせた。

「ダンテ」

森山は鋭い声を発した。ダンテの動きが止まった。尻尾だけが絶え間なく揺れている。

「ほら、千尋。おまえの大好きなダンテだ。ダンテも喜んでるぞ」

千尋の目がはっきりと開いた。身体を起こそうとする千尋に千佳子が手を貸した。

「ダンテ」

千尋が掠《かす》れた声を発した。ダンテがまた暴れ出した。森山はダンテを千尋に渡した。

「ダンテ、元気だった？　会いたかったよ」

千尋が筋張った手でダンテを撫でた。森山の手の中にいたときは激しく動いていたダンテが、まるでぬいぐるみのようにじっとしていた。

「いい子だね。千尋ちゃんもワンコも」

小林トクの声が耳に届く。他のふたりは一言も発さず、千尋とダンテの様子を見守っていた。

「お父さんとお母さんの言うこと、ちゃんと聞いてる？　寂しくても我が儘言ったりしてない？」

ダンテは答える代わりに千尋の指先を舐めた。

「くすぐったいよ、ダンテ」

千尋は笑っていた。こんなに屈託のない笑顔を見るのは久しぶりだった。

ダンテは千尋の指を舐め続けている。まるで、千尋を冒した毒を吸い上げようとしているみたいだった。

「わかってる。わたしも大好きだよ、ダンテ。ダンテに出会えて、ほんとに幸せだった」

森山は千佳子と顔を見合わせた。千尋が使った過去形に胸が押し潰されそうだった。

まだ十四歳という若さで、千尋は自分に与えられた運命を察知している。

千佳子が声を出さずに泣いていた。

「ごめん、ダンテ。ずっと一緒にいたかったのに、ごめんね」

千尋の目にも涙が浮かんでいた。ダンテが背伸びをする。頰を伝う千尋の涙を舐め取っていく。

千佳子がくずおれた。床に膝をつき、千尋のベッドに顔を埋めて泣いている。

「なにを言ってるんだ、千尋。病気が治れば、ずっとダンテと一緒にいられるじゃないか」

「ありがとう、お父さん。ひとつ、お願い聞いてくれる？」

「ひとつと言わず、ふたつでもみっつでも、千尋のお願いならなんでも聞いてやるよ」

「ダンテのこと、お願いね」

「千尋……」

「わたしがいなくなっても、ダンテはいるんだよ。ダンテも家族なの。そうでしょう？」

「千尋……」

千佳子が顔を上げた。涙で濡《ぬ》れた顔をくしゃくしゃにしていた。

「わたしの代わりにダンテを守ってね。ダンテをわたしだと思ってね」

「だいじょうぶだよ。病気が治って、千尋は家に戻ってくるんだから」

「ちゃんと約束して」

千尋の目に強い光が宿った。

「わかった。約束する」

森山はうなずき、唇を噛んだ。そうしなければ、泣き出してしまいそうだった。

「ダンテもだよ。ちゃんとお父さんとお母さんの言うこと聞かなきゃだめだから。みんな、悲しみすぎちゃだめなんだから」

千尋は強い子だった。素晴らしい娘だった。どうしてこんな子が恐ろしい病魔に魅入られてしまわなければならなかったのか。なぜ、うちの娘なのか。

ダンテは神妙な様子で千尋の言葉を聞いていた。比喩ではない。ダンテには千尋の言葉が理解できるのだ。

「ありがとうね。わたしを選んでくれて、本当にありがとう。ダンテと暮らせて、わたし、ほんとに幸せだったよ」

大人たちが噎《むせ》び泣いているのに、千尋はダンテに笑顔を向けていた。ダンテを気遣っているのだ。泣きたいほど辛く、苦しいくせに、自分を愛してやまないものに不安を与えまいとこらえている。

千尋が誇らしかった。千尋に全幅の信頼を寄せているダンテが愛《いと》おしくてしかたなかった。

千佳子が声をあげて泣いている。同室の三人が声を殺して泣いている。森山は自分の頬を涙が伝っていくのを感じた。

千尋はもう泣いていなかった。ダンテと見つめ合い、触れ合い、お互いを強く感じ取っている。

なにものも、死でさえも、千尋とダンテの絆を引き裂くことはできないのだ。

6

ダンテを病室に連れて行った三日後、千尋は静かに息を引き取った。奇跡的と言っていいほど穏やかな最期だった。

千佳子は遺体に縋りついて号泣した。森山も泣いた。どれだけ泣いても涙が途切れることはなかった。

助からないとわかっていたら、過酷な治療など受けさせなかった。自宅療養させて、好きなだけダンテと一緒に過ごさせる選択肢だってあったのだ。

だが、なにをどう思おうと過去は戻らない。千尋は逝ってしまったのだ。両親と、最愛のダンテを残して逝ってしまった。

た。

遺体が霊安室に移されると、森山は無理を言ってダンテを霊安室に入れさせてもらった。

ダンテを抱き上げ、遺体に顔を近づけてやる。ダンテは匂いを嗅ぎ、小さな舌を出して千尋の鼻をぺろりと舐めた。そして、もうお別れは済んだよとでも言うように顔を森山に向けた。

「いいのか？」

ダンテは答えない。カールした毛の奥の漆黒の瞳を森山に向けているだけだった。

森山はダンテを抱いたまま霊安室を出た。

それが千尋とダンテの別れだった。

＊＊＊

千尋がいなくなっても、ダンテの日常は変わらなかった。

森山と朝の散歩に行き、朝ご飯を食べて、昼寝する。夕方は千佳子と散歩だ。晩ご飯を食べ、帰宅した森山に甘えて、寝る。

ダンテが夜眠るのは千尋のベッドだった。ダンテはそれだけは最期まで譲らなかった。

ペットロスという言葉がある。それとは逆に飼い主ロスのような状態になるのではと心配していた森山は拍子抜けした。

あれほど愛していた千尋が死んだのに、ダンテはひょうひょうと日々を過ごしている。それでもかまわなかった。ダンテの存在が、どれだけ森山と千佳子を慰めてくれたことか。

夜、ふたりでダンテを可愛がりながら何度も語り合った。あの時、千尋とダンテはこうだったね。ああだったね。

子供を亡くしたばかりの夫婦が想い出を語り合えば、家の中には悲しみと喪失感だけが広がっていくはずだった。だが、そこにダンテがいるだけで、千尋がこの世で最も愛し、慈しんだ存在が目の前にいてくれるだけで、悲しみも喪失感も、必要以上に森山たちの肩にのしかかってくることはなかった。

ダンテは救いだった。千尋が遺してくれた贈り物だった。

ダンテの様子がおかしくなったのは、あと一週間で千尋の一周忌がやって来るという頃だった。森山と散歩をしている最中、突然倒れた。慌てて二十四時間体制で診察をしてくれる救急動物病院に連れて行き、診察を受けた。原因はわからないが、貧血を起こしている。そう診断された。原因がわかるのは、血液検査の結果が出た後だということだった。

とりあえず、輸血を受け、薬を処方してもらった。輸血が効いたのか、帰宅したダンテはいつもの元気を取り戻していた。

だが、その五日後に、ダンテはまた倒れた。再び病院へ。検査結果はまだ出ていなかったが、「再生不良性貧血ではないか」と獣医が言った。免疫疾患のひとつで、自分で自分の血液を破壊してしまうのだという。犬にはよくある病気で、治療法はまだ確立されていない、とも聞かされた。

白血病に似ている——森山は思った。

千尋と運命の出会いを果たしたダンテは、千尋に似た病を患ったのだ。

千尋の命日に、ダンテは旅立った。律儀に、その日を待っていたかのような最期だった。

森山と千佳子は一晩泣き通し、翌日、ダンテを火葬した。骨は千尋と同じ墓におさめた。

墓石の前で、森山は千佳子に語りかけた。

「もう一度、子供を作ろう」

「うん。わたしもそう思ってた」

「その子が大きくなったら、犬を飼おう」

「千尋とダンテみたいな運命の出会いがあるといいね」

「千尋とダンテより、ずっと長い時間を一緒に過ごせるよう、おれたちが見守ってやるんだ」

森山は言い、千佳子の肩を抱き寄せた。

ミックス

Mix

1

畑のサトウキビが風に揺れていた。太陽はすでに祖納《そない》岳の向こうに姿を隠し、薄い雲が夕闇の空を流れていた。

渡久山《とくやま》永勝《えいしょう》は軒先に出て畑からの音に耳を澄ました。風に揺られるサトウキビが立てる音はまるで波音のようだった。一定のリズムで打ち寄せ、引いていく。海と違うのは風の流れによってそのリズムが寸断されることだ。

風が途絶え、音がやんだ。永勝は舌打ちをこらえ、口を湿らせた。

「シロ、どこに行った？　もうすぐ飯の時間だぞ」

畑の奥に叫ぶ。返事はない。また風が起こり、サトウキビ畑が歌うように揺らめいた。

「まったく、馬鹿犬が……」

永勝は家に戻り、晩飯の支度をはじめた。味噌汁《みそしる》を作り、漬け物を切る。あとは、魚を焼けばそれで侘《わび》しい食事のできあがりだ。初江《はつえ》が死んでからは、手の込んだ料理とは疎遠になっていた。

焼いた魚から皮を取り、細かく刻んでステンレスの容器に放り込んだ。そこに買い置きしてあるドッグフードを入れ、水を注ぐ。必ずふやかしてから食べさせろと、初江から口を酸っぱくして言われていたのだ。理由は聞かなかった。初江がそうしろと言うからそうしているだけのことだ。

シロはまだ戻ってこない。

永勝は食卓につき、テレビのニュース番組を見ながら食事をとった。食べ終えると茶を淹《い》れ、煙草《たばこ》を吸った。

初江にきつく言われて十年近く禁煙していた。だが、初江が死んでからはまた吸うようになってしまったのだ。あの世で初江が顔をしかめている様子が目に浮かぶ。初江は決して声を荒らげたりすることはなかった。ただ、困ったような顔を永勝に向けるだけだ。それで、永勝は折れてしまう。

女房に飼い慣らされている——近隣の男どもはそう言って笑ったが、永勝は気にしなかった。初江の喜ぶ顔を見るのが嬉《うれ》しかった。初江を喜ばせるためならどんなことでも我慢できた。

去年の冬、北風が吹きつける冷たい日、永勝が畑仕事から戻ると、台所で初江が倒れていた。慌てて救急車を呼んだが初江はそのまま戻ってはこなかった。心筋梗塞だと医者は言った。なにか前触れがあったはずだとも言われた。その言葉に永勝は激しく傷ついた。おまえが気をつけていれば死なずに済んだ——そう言われた気がしたのだ。

家に戻ってきた遺体を前にして煙草を吸った。すまん——何度も謝りながら吸い続けた。

茶がすっかり冷めていた。ニュース番組もいつの間にか終わり、くだらないバラエティに変わっていた。

シロはまだ帰ってこない。

永勝は舌打ちしながら腰を上げた。外に出る。風がさらに強まり、サトウキビ畑が揺れていた。

「シロ、どこに行った？　飯の時間はとっくに過ぎてるぞ」

風に逆らって叫んだ。シロはほとんど放し飼いにしているが、家から離れることは滅多にない。永勝と一緒に畑へ行き、永勝が働いている間に畑の周辺を散策し、永勝と共に家に帰る。たまに姿が見えなくなったとしても、食事の時間には戻っているのが常だった。

「シロー‼」

もう一度叫んだ。闇が濃くなっていく。煙草をくわえ、風を避けながら火をつけた。吸い終わると、サトウキビが揺れる音の合間を縫ってシロがこちらに向かってくる気配が伝わってきた。

「こんな時間までどこをほっつき回ってたんだ」

永勝は短くなった煙草を指先ではじき飛ばした。シロが小走りでこちらへ向かってくる。

一旦家に戻り、シロの晩飯が入った器を取ってきた。シロはもう庭にいた。口になにかをくわえている。

「なんだ？」

永勝は目を剝《む》いた。シロがくわえているのは毛むくじゃらの物体だった。

「ネズミか？　馬鹿たれ。そんなもん、どっかに捨ててこい」

いつもなら、永勝が手にした器にぴたりと視線を合わせて微動だにしないシロが永勝に背を向け、庭の隅にある犬小屋へ入っていった。

「こら、シロ。飯は食わんのか？」

永勝は面食らいながら犬小屋に近寄った。

みゃあ
犬小屋から奇妙な音が聞こえた。生き物の鳴き声のようだったが、シロがそんな声を出すはずがない。

「ネズミじゃなくて子猫か？」

器を地面に置き、永勝は犬小屋の中を覗《のぞ》きこんだ。シロが毛むくじゃらを抱え込むようにしている。みゃあみゃあ鳴いているのは間違いなく毛むくじゃらの子猫だった。

「どこの家から連れてきた？」

シロは二ヶ月ほど前にさかりが終わったところだった。普段はさかりが終わると想像妊娠のような状態になり、出産時期になると、木ぎれやなにかを子犬に見立てて子育ての真似事《まねごと》をはじめる。今はちょうどその時期で、木ぎれではなく生まれたての子猫を見つけてしまったのだろう。

「シロ、ちょっと見せてみろ」

永勝は小屋の中に腕を伸ばした。シロは一瞬牙を剥きかけたが、途方に暮れたような表情を浮かべて永勝のすることを見守った。

子猫は痛々しいほどに小さく、永勝の手の上で震えていた。全身は茶褐色で尾が長かった。

「おい、シロ、こいつは……」

永勝は子猫を見て絶句した。シロが早く返してくれと言うように鼻声を出した。

「こいつはヤマネコじゃないのか？」

家猫に比べれば耳も大きく、手足も短いような気がした。

「シロ、こいつをどこで見つけてきた？」

永勝はシロに顔を向けた。シロは相変わらず途方に暮れたような表情を浮かべているだけだった。

2

永勝は翌日、西表《いりおもて》野生生物保護センターへ行き、イリオモテヤマネコについて詳しく調べた。

シロがどこかから拾ってきたのは、間違いなくイリオモテヤマネコの子供だった。

この島で生まれ育って七十年近くになるが、永勝自身はイリオモテヤマネコをその目で見たことはなかった。この野生動物に対する知識は観光客より乏しいのだ。

センターの職員が近くを通り過ぎるたびに心臓が早鐘を打った。本来なら、イリオモテヤマネコを保護したことを告げるべきだろう。だが、甲斐甲斐《かいがい》しく子猫の世話を焼くシロの姿を見ると、取り上げることが躊躇《ためら》われた。

シロの子育てごっこは二、三週間もすれば終わる。それまでは好きなようにさせてやればいい。子猫をセンターに届けるのはそれからでも遅くないはずだ。子猫が死んだりしないよう、永勝が気遣ってやればいいのだ。

家に戻ると犬小屋の様子を見た。驚いたことに、子猫がシロの乳を吸っていた。昨日まではなんともなかったシロの乳房が膨らんでいる。子猫に乳を与えながら、シロ自身は微睡《まどろ》んでいた。

永勝は縁側に腰掛けて煙草をくわえた。シロとヤマネコは本物の親子に見えた。シロという名前だが、シロは白い犬ではない。全身が茶と白のまだらの体毛に覆われた雑種だ。犬といえば、祖父が飼っていた犬も、近所で飼われていた犬もシロという名だった。だから、迷わずシロと名付けたのだ。

シロは初江が連れてきた。石垣島へ買い物に出たおり、知り合いの家で生まれた子犬を押しつけられたのだ。初江はシロを抱いて船に乗り、波に揺られている間にシロの虜《とりこ》になった。永勝が反対するのにもかかわらず、シロの世話を甲斐甲斐しく焼いた。気がつけば、永勝は犬小屋を作らされていた。

シロが家に来たおかげで永勝の仕事がもうひとつ増えた。月に二度、石垣島まで出かけてシロのためのドッグフードを大量に買ってくることになったのだ。それまでは、月に一度行くかどうかだった。年老いた夫婦のふたり暮らしなら、大抵のことは島で手に入るもので間に合った。石垣島へ行くのは、どちらかというと気分転換の比重が大きかったぐらいだ。

だが、西表島には大きなスーパーというものがなかった。雑貨屋に毛の生えたような店が食料品を扱っているだけだ。インターネットというものを使えば、家にいながらにして欲しいものを注文できるらしいが、永勝も初江も生まれてこの方パソコンには指一本触れたことがなかった。

シロが目を開けた。

甘えるように鼻声で鳴く。

「なんだ？　飯の時間にはまだ早いぞ」

シロがまた鳴いた。初江にはよく似た声を出して甘えていた。だが、初江が逝ってしまってからはついぞ聞くことのない声だった。

永勝は煙草を灰皿に押しつけ、犬小屋に近づいた。シロは左側を下にして半身になっている。子猫は乳首にむしゃぶりついて一心不乱に乳を吸っていた。

「具合でも悪いのか、シロ？」

シロが右の前脚と後ろ脚を上げた。いくつもの膨らんだ乳房が剝き出しになった。そのうちのふたつが血にまみれていることに永勝は気づいた。

「どうした、シロ。怪我《けが》でもしたか？」

子猫が邪魔だった。永勝は子猫を無理矢理乳房から引き剝がした。シロがか細い声で鳴いた。子猫がむしゃぶりついていた乳首が赤く滲《にじ》んでいる。

「こいつのせいか……」

手の中で暴れる子猫の口を開かせた。歯が生えている。その歯に血がついていた。

「こいつのせいか。痛いのか、シロ？」

語りかけると、シロがまた甘えるように鳴く。

「冷蔵庫に牛乳があったはずだな。これからは、こいつには牛乳をやろう」

シロが子猫を厭《いと》うなら、やはり保護センターに届け出よう。そう考えながら、永勝は犬小屋に背を向けた。途端に、シロが甲高い声で吠《ほ》えはじめた。犬小屋から出てきて、永勝の脚に自分の前脚をかける。その間も吠え声はやまなかった。

「こいつを連れていくなっていうのか？」

シロが吠えるのをやめた。

「こいつに乳を吸われると痛いんじゃないのか？」

永勝は身を屈《かが》め、シロの前に手を差し出した。子猫が身体をばたつかせる。シロが子猫の顔を愛《いと》おしそうに舐《な》めた。

「痛くてもかまわんのか……」

シロが上目遣いで永勝を見た。永勝はうなずいた。シロは子猫を口にくわえると、また犬小屋に戻っていった。

「初江、どうしたもんかな？」

永勝は空を見上げた。青い空と白い雲がただそこにあるだけだった。

使わなくなったタオルや手ぬぐいを丁寧に折り重ね、シロの犬小屋に敷いてやった。この南の島で凍えることはないだろうが、シロと子猫には柔らかい寝床が必要だと思ったのだ。

満腹になったらしい子猫はシロの前脚を枕にして眠っていた。シロは目を開けたまま横たわり、子猫の寝顔をじっと見つめている。

＊＊＊

何十年もの間思い出すこともなかった記憶の封印が解かれた。まだ若かった初江が生まれたばかりの長男、和久《かずひさ》を抱きながら床についた姿が脳裏に浮かぶ。

初江は和久に子守歌を聴かせた。まだ意味もわかるまいにと永勝が笑うと、それでもいいのと頰を赤らめ、歌い続けた。

順子《じゅんこ》にも、継夫《つぐお》にも、初江は同じように子守歌を聴かせた。

三人の子供たちはもうそばにはいない。和久は大阪で、継夫は東京で就職し、それぞれ家庭を持った。順子は那覇に嫁いでいった。

あれほど賑《にぎ》やかだった家もひとり去り、ふたり去りするうちに火が消えたようになり、やがて初江も逝ってしまった。

永勝はひとりぼっちだった。

嵐の夜、どこへ出かけることもかなわず、ひとり酒を飲む時、いつも同じことが頭の中をぐるぐる回る。

なぜ生まれてきたのだろう。なんのために生きてきたのだろう。見捨てられるために子を作り、育てたのか。真面目に精一杯生きてきた褒美がこの孤独だというのか。

陰鬱《いんうつ》な気が全身を駆け巡り、永勝は酔い潰れる。何度そんな夜を過ごしたことだろう。妻も子供たちもいなくなった家はしんと静まりかえり、テレビをつけてもその静寂を埋めることはできないのだった。

永勝は目頭を押さえながら立ち上がった。年を取ると涙もろくなるというのは本当だった。感情を抑えこんでいた蓋がゆるくなり、ふとした拍子に溢《あふ》れ出てきてしまうのだ。

腰を伸ばすと、シロが短く鳴いた。子猫はまだ眠り呆《ほう》けている。

「腹が減ったか、シロ？」

シロがまた鳴いた。

「よし。支度してきてやるからな。待ってろ」

永勝は家へ入り、台所に立った。いつもの器にドッグフードを放り込み、冷蔵庫から茹《ゆ》でた鶏肉の入った保存容器を取りだした。あれだけ子猫に乳を吸われては体力が奪われていく一方だろうと、数日前に肉を買い求め、茹でておいたものだ。永勝自身は肉を口にしなくなってから久しい。魚と野菜、それに米。口にするのはそれだけだ。子猫は犬小屋の中で眠っている。
器を持って外に出る。シロはすでに縁側のそばで永勝を待っていた。

「よくあいつを起こさずに出てこられたな」

永勝はシロの頭を撫《な》で、器を地面に置いた。シロが食べはじめた。散歩にも行かず、日がな一日子猫の面倒を見ているだけなのに、シロの食欲は旺盛だった。
シロから離れ、犬小屋を覗きこむ。
この数日で子猫はかなり大きくなった。眠り、起き、シロにじゃれつき、乳を吸い、また眠る。飽きることなく同じことを繰り返しているだけのように見えるが、身体が大きくなるにつれ、動き方も活発になっている。いずれ、シロの乳ではなく、別の食事を与えなければならなくなるのだろう。

「ヤマネコにもドッグフードでいいのか？」

永勝は独りごちた。
いいわけがない。シロのドッグフードを買いに行く石垣島のスーパーでも、犬用のフードと猫用のフードは別々に売られている。
いつの間にか食事を終えたシロがまた犬小屋に戻ってきた。

「シロ、こいつのために猫用のフードを買ってこなきゃならん。一日、おれがいなくてもだいじょうぶか？」

シロが身体を横たえた拍子に子猫が目覚めた。不満を訴えるように鋭い声で鳴いた。

「なんだ、一丁前に」

永勝は舌を鳴らした。子猫が立ち上がり、永勝に顔を向けた。挑むような顔つきだった。家猫とは違う。野生動物なのだ。永勝が手を伸ばすと、子猫は用心深そうに匂いを嗅いだ。

「こいつにも名前をつけてやらないとな」

犬がシロなら、猫はタマだ。

「よし。今日からこいつの名前はタマだ」

子猫——タマが毛繕いをはじめた。新しい名前を気に入ったらしい。

永勝は自分が微笑《ほほえ》んでいることに気づいた。笑ったのはいつ以来のことだろう。いくら考えても思い出せなかった。

3

フェリーターミナルで船の出航を待っていると隣に人が座った。美江子《みえこ》だった。初江の妹だ。

「義兄《にい》さん、買い出し?」

「ああ」

「またシロのドッグフード?」

永勝はスーツケースを足もとに引き寄せた。大型のもので、中にキャットフードがぎっしりと詰まっている。

「そういえば、こないだ那覇に行ったときに、順子ちゃんに会ったんだけど、心配してたよ、義兄さんのこと」

「順子が?」

「うん。島を出て、那覇で暮らしてくれないかって」

「馬鹿言え。百姓しかしたことのない人間に都会でなにができる」

「生活の面倒は見るって言ってたわよ」

「婿の親御さんもいる。おれの面倒まで見たら大変だ」

「そんなに意地張ってないで、順子ちゃんの言うことを素直に聞いたら? 畑仕事だって大変な割に稼ぎにはならないんだし。もし身体が言うことを聞かなくなったらどうするの?」

「その時はその時だ。あの家は初江と暮らした家なんだ。出て行く気にはなれん」

「姉さんだって、義兄さんが楽に暮らしていけるよう願ってるはずよ」

「シロをお願い……初江が言ったのはそれだけだ」

わたしになにかあったら、シロをお願いね――生前の初江はことあるごとにそう言っていた。まるで自分の運命を心得ているかのようだった。

「そんなこと言ってないで、順子ちゃんだけじゃなく、和久や継夫だって――」

永勝は立ち上がった。

「すまん。買い忘れてたものがあった。ちょっと行ってくる」

一緒に船に乗れば、美江子は延々と喋《しゃべ》り続けるだろう。悪い人間ではないが、そのお喋りに付き合う気にもなれない。船を一便遅らせた方がましだった。

「今度、ご飯食べにいらっしゃいよ。ひとりで食べるのは味気ないでしょ」

「ああ。今度、ご馳走《ちそう》になりに行くよ」

永勝は自分の言葉に驚いた。美江子は漁師の家に嫁いだ。長男が後を継ぎ、孫に囲まれて幸せに暮らしている。美江子の家に行くと自らの孤独さが強く実感されていたたまれなくなる。だから、誘われてもなにかと口実を作って断るのが常だったのだ。

「ほんと？　義兄さんが食べてくれるなら、腕によりをかけるわよ」

美江子の顔が太陽のように輝いた。客をもてなすのが好きなのだ。

「本当だ。たまには、美江子さんの手料理をたらふく食うのも悪くない」

永勝は微笑み、スーツケースを引いて歩き出した。

帰宅するとすぐに庭に出た。タマの鳴く声が聞こえたからだ。鳴き声はどこか不安そうだった。

＊＊＊

庭にいるのはタマだけだった。シロの姿はどこにもない。

「なんだ。おまえの母ちゃんはトイレタイムか」

永勝はタマを抱き上げ、縁側におろした。シロは敷地内では決して排泄《はいせつ》しようとはしない。勝手に山の方へ出かけ、用を足して戻ってくる。

「母ちゃんがいなくて寂しいのか。甘えん坊め」

頭を撫でてやると、タマがじゃれついてきた。爪を立てて永勝の手にしがみつき、指先を嚙《か》もうとする。爪が食い込んだ皮膚に鈍い痛みが走ったが、それは心地よい痛みだった。

「遊びたいのか。ちょっと待てよ……」

永勝は庭に視線を走らせた。塀に立てかけた庭箒《にわぼうき》の柄に古びた軍手が載せてあった。軍手を取り、タマの目の前で揺らしてみせた。

タマが軍手に飛びかかってきた。永勝は軍手を引いた。タマがまた飛びかかってくる。

軍手を高く掲げると、タマは垂直にジャンプした。

「やるな、小僧のくせに」

永勝は熱中した。永勝が本気になればなるほど、タマの動きも激しさを増していく。タマの機敏な動きは野性を彷彿《ほうふつ》させてあまりあった。気を抜けば、すぐに軍手に爪を立てられる。縁側から庭へ。庭から花壇へ。花壇から庭へ。また縁側へ。永勝は軍手を揺らし続け、タマは軍手に挑み続けた。

ふいに、タマが動きを止めた。軍手に対する興味を失ったというように座り込み、視線を泳がせる。

「どうした？　もう終わりか、タマ？」

タマが鳴いた。なにかをねだるような声だった。

「腹が減ったか？　ちょっと待て」

まだキャットフードを与えるには時期が早い。永勝は家に入り、冷蔵庫で冷やしてあった牛乳を小皿に注《そそ》いだ。小皿を持って庭に戻る。小皿をタマの前に置くと、ぴちゃぴちゃと音を立てて舐めはじめた。

瞬く間に牛乳がなくなっていく。その度に、紙パックの中の牛乳を注《つ》ぎ足した。三度紙パックを傾けたところで、タマが飲むのをやめた。大きく伸びをし、毛繕いをはじめる。永勝は牛乳パックと小皿を縁側の脇に置いた。

「満足したか？」

縁側に腰を下ろすと、タマが毛繕いをやめた。みゃあと一声鳴いて立ち上がる。永勝のそばにやってくると、太股《ふともも》の上に登ってきた。

「今度はなにをする気だ？」

温かい感触が腿《もも》に広がった。くすぐったさを感じたが、永勝はこらえた。タマが腿の上で腹這《はらば》いになり、眠りはじめたからだ。

「そんなところで寝るな」

言ってはみたものの、自分の声になんの力もこもっていないことは承知だった。タマはとうに寝息を立てている。無防備で安心しきっている。永勝を信頼しているのだ。その小さく温かい身体に触れたかった。頬ずりしたかった。

永勝は混乱した。まるで和久を初めてその腕に抱いたときに似た感情が次から次へと湧き起こってくる。

愛おしい。

和久が愛おしかった。順子が愛おしかった。継夫が愛おしかった。それと等しく、今、タマを愛おしいと感じている。

永勝は微動だにせず、タマの寝顔を見つめた。動けば目覚めてしまうだろう。心ゆくまで眠らせてやりたかった。心ゆくまでタマの体温を感じていたかった。

シロが戻ってきた。南側の塀の割れ目を器用にくぐり抜けてくる。永勝に軽く視線をくれてから犬小屋に潜り込んでいく。だが、すぐに出てきた。鼻をうごめかせ、視線を左右に送る。

「タマならここだぞ」

永勝は言った。シロが駆け寄ってきた。だが、縁側のそばまで来ると脚を止め、訴えるような表情を永勝に向けた。

シロは家に上がってはいけないことになっているのだ。

初江は家の中で飼いたがったが、それだけは永勝は認めなかった。犬は外で寝起きするものだ。それが当たり前だ。家の中で飼うなどとんでもない。

初江は永勝の言葉を寂しそうに聞いていた。

「いいぞ」

永勝は縁側の縁を軽く叩《たた》いた。シロが首を傾《かし》げた。

「上がってもいい。ただし、縁側だけだからな」

もう一度縁を叩く。シロが縁側に飛び乗ってきた。永勝の様子をうかがうようにおっかなびっくり近づいてきて、タマを口にくわえた。永勝は犬小屋に戻ろうとするシロを呼び止めた。

「ここにいろ。連れていくと寂しいじゃないか」

シロが振り返った。口にくわえられたタマはまだ眠っていた。

「しばらくみんな一緒にひなたぼっこでもしよう」

永勝の言葉を理解したというようにシロはタマをそっと縁側におろした。タマの横に自分も伏せた。

「そうだ。それでいい」

永勝は腕を伸ばし、シロの身体を撫でた。タマを起こさぬように気を使う。シロが気持ちよさそうに伸びをした。顔つきは満足そうだった。シロのこんな表情を見るのは初江がシロの面倒をこまめに見ていた時以来だった。

4

タマはすくすくと成長した。シロの乳を飲む代わりに、永勝が与えるキャットフードを食べるようになっていた。身体も、シロが口にくわえてやってきた時より二回りほど大きくなった。それにつれて行動範囲も広がった。

永勝が畑に向かうと、シロとタマがついてくる。最初のうちはそのままタマがどこかに行ってしまうのではないかと気が気ではなかった。だが、その心配は杞憂《きゆう》だった。タマはシロから離れることがなかった。二匹は本当に血の繋《つな》がった親子のようだった。

永勝が畑仕事に汗を流している間、シロとタマは畑の近くでじゃれ合っている。仕事を終えて帰途につくと、二匹で仲良く永勝の後を追いかけてくるのだ。そして、ひとりと二匹で縁側でひなたぼっこをするのが日課になった。

なにをするわけでもない。永勝が縁側に座り、そのそばにシロとタマが寝そべる。タマはすぐに、シロもやがて眠りに落ちる。永勝はただ二匹の寝顔を見守る。心が穏やかになっていくのを感じながら日を浴びる。

これが幸せというやつなのか——永勝は思う。初江を失ってから心にぽっかりと開いていた穴がいつの間にか塞がっていた。普通とは違う猫が一匹迷い込んできただけで人生が変わってしまったのだ。

シロが目覚める。永勝を見つめる。

「おまえもそうか、シロ？　タマが来て、おまえも幸せか？」

シロが首を傾げる。わずかに開いた口元が微笑んでいるかのようだ。初江の前ではよくそんな表情を浮かべていた。

「こいつが来てから、もうすぐ一ヶ月だ。早いもんだな。一丁前になったら、どうなるんだろう」

シロは首を傾けたまま永勝の言葉に聞き入っている。意味はわからなくても話しかけられることが嬉しいようだった。タマが来る前は、永勝がシロに語りかけることなどほとんどなかった。

シロを見るたびに初江を思い出す。それが辛《つら》かったのだ。だが、タマのおかげでその辛さが和らいでいる。

いや。シロとタマのおかげだ。こいつらは二匹でワンセットなのだ。

「今夜は出かけるからな。タマのこと、頼んだぞ、シロ」

永勝はシロの頭を撫でた。

＊＊＊

美江子が嫁いだ石垣《いしがき》家は永勝の家から車で十五分ほど走ったところにある船浦港《ふなうらこう》という漁港のそばだった。軽トラックで乗り付けると、石垣家のものではない車も数台停《と》まっていた。

永勝だけではなく他の人間も招いたのだ。美江子らしい。

家に上がると、声もかけずに居間に進んだ。見知った顔が三人、泡盛の入ったコップを傾けている。美江子の夫の石垣隆治《りゅうじ》と、玉城治《たましろおさむ》、仲間栄一《なかまえいいち》だ。玉城と仲間は永勝の幼馴染《おさななじ》みだった。

「おう、やっと来たか、永勝。さ、飲め、飲め」

腰を下ろすやいなや、仲間がコップに泡盛を注いだ。乾杯の声があがり、永勝は泡盛を口に含んだ。テーブルには美江子の手料理が並んでいた。年寄り四人には多すぎる量だが、美江子がここにいないということは台所で別の料理を作っているのだろう。

「いやしかし、義兄さんの顔見るの、どれぐらいぶりだっけか」

隆治が言った。

「そうだ、そうだ。近所に住んでおるのに、しばらく顔を見てなかったわ」

玉城が声を合わせた。

「これができたんじゃないかって噂《うわさ》だぞ、永勝」

仲間が右手の小指を立てた。

「馬鹿言うな。なんだってそんな途方もない話が出てくる」

「初江さんが亡くなってから、いつもしかめっ面だった永勝が、最近、よく笑うって評判だ」

「おれが？」

「そう。よく笑うし、優しくなったって、吉野《よしの》商店のおばあが言ってたわ」

吉野商店というのはこの近隣にある雑貨屋だ。永勝も日用品や食料はそこで買う。

「そういや、そうだな。顔つきが柔らかくなった気がする」

隆治が言った。

「うん。確かに女ができたのかもしらんな」

玉城が身を乗り出してきた。

「いくつになったと思ってるんだ」

永勝は苦笑し、泡盛《はす》を呷《あお》った。

「おまえのとこの斜向かいの家、なんていったっけ」

仲間が永勝のコップに泡盛を注ぎ足しながら訊《き》いてきた。

「外間《そとま》さんのことか？」

「あそこの旦那、去年亡くなっただろう？」

「あそこの婆さんはおれより年上だぞ」

「惚《ほ》れちまったら年上もくそもないだろう」

玉城の言葉に他のふたりが笑った。その笑いに誘われたというように、美江子が料理の盛られた大皿を運んできた。

「あら、楽しそうね」

「義兄さんが変わったのは女ができたからじゃないかって話してたのさ」

隆治がこれまでのいきさつを美江子に説明しはじめた。永勝は料理に箸をつけた。このままなにも食べずに飲み続ければ潰れてしまう。二十年ほど前まではどれだけ飲んでも平気だったが寄る年波には勝てない。

「なんでもいいわよ。義兄さんが笑うようになって、天国の姉さんもほっとしてるわ。義兄さん、わたしと旦那でよく話してたのよ。義兄さんったら、もしかして後追い自殺するんじゃないかって」

「そんなこと、考えたこともない」

嘘《うそ》だった。初江がいないのなら生きていてもしょうがない。何度もそう考えた。死んでしまいたいという気持ちを辛うじて抑えこむことができたのは初江と交わした約束があったから。

わたしになにかあったら、シロをお願いね。

シロがいなければ死んでいた。シロがタマを連れてこなければ笑うこともなかった。初江はおれのためにシロを置いていったのだ。おれのためにシロにタマを見つけさせたのだ。

「ほらほら、永勝、またいつものしかめっ面に戻ってるぞ」

玉城の声に我に返った。

「やっぱり、女のことを考えてるんだな」

仲間の声に、永勝は微笑んだ。

「いい年して、嫉妬してるのか、おまえらは」

「あ、認めたな。女ができたって認めたな」

仲間が声を張り上げた。

永勝は腹を抱えて笑った。

＊＊＊

泊まっていけという美江子と隆治の誘いを断って帰途についた。シロとタマが待っているのだ。タクシーを呼ぶほどの距離でもないし、代行などという便利なものもない。酔っているという自覚はあったが、通い慣れた道だ。この時間になれば行き交う車も減り、人の姿はほとんどない。

楽しい宴《うたげ》だった。玉城も仲間も隆治も美江子も、ずっと永勝のことを気にかけてくれていたのだろう。玉城と仲間は永勝が来ると聞きつけてとるものもとりあえず駆けつけたのだ。

想い出話に花を咲かせ、食い、飲み、歌い、笑った。途中からは、隆治と美江子の息子夫婦と孫たちも加わって食卓はさらに賑やかになった。

「遠慮しないでいつでも来てください」

帰り際に美江子が言った。

「うん」

永勝は答えた。本音だった。これからはもっと顔を出そう。シロを頼まれたように、初江は自分の親族のことも永勝に託したかったに違いない。

ヘッドライトがなにかを照らした。永勝は慌ててブレーキを踏んだ。軽トラがつんのめり、シートベルトが身体に食い込んだ。心臓が早鐘を打った。酔いが急速に醒《さ》めていく。

路上に生き物がいた。ヘッドライトを浴びた目が炯々《けいけい》と輝いている。

イリオモテヤマネコの成獣だった。夜の路上にいるヤマネコを見たという話はたびたび耳にしていた。だが、自分の目で見るのは初めてだった。

永勝はクラクションを鳴らした。だが、ヤマネコは動こうとはしなかった。

「そんなとこにいると轢《ひ》き殺されるぞ」

もう一度クラクションを鳴らす。だが、ヤマネコは心ここにあらずという風情で視線を左右に走らせていた。

「なにか探してるのか……」

ハンドルを切り、アクセルを静かに踏んだ。向こうがどいてくれないなら、こちらが避けて通るしかない。

みゃあ
ヤマネコが鳴いた。尾を引く鳴き声は永勝の心を震わせた。

車を停めた。

「どうした？　だれかを捜してるのか？」

窓から顔を出し、声をかけた。

みゃあ
間違いない。ヤマネコの鳴き声には痛ましい響きがあった。

タマの顔が脳裏に浮かんだ。もしや、このヤマネコは行方知れずになった自分の子供を捜しているのではあるまいか。

ドアを開けた。車を降りるのと同時にヤマネコが道路脇の森の中に駆け込んでいった。

「おい」森に向かって叫んだ。「タマはおまえの子か？　タマを捜してるのか？」

馬鹿なことをしているのはわかっていた。だが、訊かずにはいられなかった。

おれとシロがおまえからタマを奪ってしまったのか？

どれだけ耳を澄ましてみても、もうヤマネコの鳴き声は聞こえなかった。

5

シロが甲高い声をあげ、次の瞬間、唸《うな》った。

畑仕事の手をとめて振り返る。シロが牙を剝いてタマを睨んでいる。遊んでいるうちにタマが興奮しすぎて爪を立てたのだろう。

シロが口にくわえてきた時と比べれば、タマは驚くほど成長した。それと同時に、家猫とは違う特徴もはっきりしてきた。

四肢と尾が太くなり、耳が丸みを帯びてきている。耳の裏にある虎《こ》耳状斑《じじょうはん》と呼ばれる大きな白い斑点の輪郭がはっきりしてきた。体毛は濃く黒ずみ、爪がいつでも露出しているようになった。

そのせいで、じゃれ合っている時に爪がシロの身体に食い込んでしまうのだ。

身体は日々大きくなっても、タマはまだまだ子供だった。シロに威嚇されても興奮は収まらず、宙を飛んで躍りかかっていく。シロが身を翻した。力強く地面を蹴って山裾に広がる森の中に駆け込んでいった。もちろんタマもその後を追う。

永勝は苦笑しながら畑仕事に戻った。

「毎日毎日、よく飽きないもんだ」

遊んで、飯を食べて、仲良く寝て、起きたらまた遊んで、疲れたら寝る。二匹は毎日同じことを繰り返している。

今頃は森の中を駆け回っているのだろう。小一時間もすれば、遊び疲れて戻ってくる。

作業を続けていると、腕時計のアラームが鳴った。午後一時。昼飯の時間だ。永勝は木陰にある切り株に腰を下ろした。風呂敷で包んだ弁当箱を開く。おにぎりがふたつに、卵焼きと漬け物。それに、シロたちのために火を通した鶏のササミが入っている。ササミはぶつ切りにしてあった。

「おおい、昼飯の時間だぞ」

永勝は森に声をかけ、おにぎりを頬張った。具に使った梅干しの酸味が汗をかいた身体を引き締めていく。ペットボトルのさんぴん茶を飲み、卵焼きを口に運んだ。

これまでは昼飯のたびに家に戻って食事をとっていた。タマが成長するにつれて二匹が森の中で遊ぶようになり、呼んでもなかなか戻ってこなくなったので弁当を持参することにしたのだ。シロだけならなんの心配もいらないが、タマのことはまだ気がかりだった。自分の食べる分の他に、鶏肉や豚肉をおやつ代わりに持っていくようにしたところ、シロたちは永勝の昼飯の時間になると森から畑へ戻ってくるようになっていた。

おにぎりをひとつ食べ終えた。シロたちは戻ってこなかった。

「シロ、タマ、飯の時間が終わっちまうぞ」

永勝は叫んだ。海から吹きつけてくる風が声を森へ運んでいく。だが、シロたちは姿を見せなかった。

食欲が急速に失《う》せた。永勝は弁当箱に蓋をして腰を上げた。

「シロ、タマ」

声をかけながら森に近づいていく。風に揺れるサトウキビが立てる音が他の音をかき消していく。

「シロ、タマ」

森の中に分け入っていくと、途端に周囲が薄暗くなった。鬱蒼《うっそう》と茂った木々は人の手が入ることもなく傍若無人に枝を伸ばしている。太陽の位置を把握しておかなければすぐに迷ってしまいそうだった。

「シロ、タマ。どこに行った？」

声を張り上げる。あれほどうるさかったサトウキビの揺れる音が、森の中ではまったく聞こえない。

「シロ、タマ」

森の奥の方で葉ずれの音がした。枯れ草を踏みつける足音がそれに続いた。

「シロ？」

足音がこちらに向かってくる。

「早く来い。おやつの時間だぞ」

木々の間から駆けてくるシロの姿が見えた。その後ろには、タマが続いている。永勝は安堵《あんど》の吐息を漏らしながらしゃがんだ。

「早く来い。ほら」

シロがスピードを緩めた。尻尾を激しく振りながら、永勝の目の前で立ち止まった。

「心配させるな」

シロの胸を撫でてやる。タマがシロの横に来た。

「おまえもだ、タマ」

永勝はシロを右手に、タマを左手に抱えた。シロはずしりと重く、タマはまだ軽い。タマが腕にしがみついてきた。爪が皮膚に食い込んだ。痛みが走る。だが、永勝は顔をしかめただけで痛みをこらえた。シロたちが戻ってこなかった時の不安に比べれば、なんということはない。

「呼んだらすぐに戻ってこないとだめだろう、シロ」

シロを軽く睨みながら森を出た。まばゆい陽光が永勝たちを包み込んだ。

＊＊＊

夕食を食べ終えると、永勝は腕を組んだ。しばらく思案に耽《ふけ》ると、腰を上げて大工道具を手に取った。家の裏にある倉庫から運んできた木材やプラスティックの板を鋸《のこぎり》で切り、釘《くぎ》を打ちつける。一時間も経《た》たないうちに、一メートル四方の柵のようなものができた。それを、居間の隅に設置する。

「こんなもんか」

汗を拭きながら縁側に出て、シロを呼んだ。

「シロ、タマ」

犬小屋から二匹が出てきた。シロが激しく尻尾を振っている。タマの目が輝いている。

「来い」

シロとタマが駆けてきて、縁側に飛び乗った。

「本当に息が合ってるな、おまえたちは」

永勝は二匹を家の中に誘った。シロは戸惑いを見せた。当たり前だ。これまで、家の中に入れてもらったことは一度もない。だが、タマは躊躇わずに入ってきた。

「シロ、来い。遠慮しなくてもいいんだ」

シロがおずおずと脚を動かした。タマが廊下を走っていく。

「まったく……」

永勝は苦笑しながらその後を追った。居間に行くと、タマは食卓にあがっていた。

「こら。そこはだめだ」

タマの首根っこを摑《つか》み、柵の中に入れた。

「シロ、おまえもだ。ほれ」

柵に付けた出入口を開ける。尻込みするシロを無理矢理中に押し込んだ。

「これから、おまえたちはここで寝るんだ」

庭からは好き勝手に外に出ることができる。シロは問題ないが、タマのことは心配だった。夜中に勝手に抜け出して、車に轢かれでもしたら目も当てられない。かといって、タマに首輪と紐《ひも》をつけるのも躊躇われた。

ならば、自分の目の届くところに置いておくしかないではないか。

二匹は落ち着かない様子で柵の中を動き回っていた。永勝は泡盛で晩酌をはじめた。二匹のことが気になって杯が進まない。テレビをつけると、BS放送で時代劇をやっていた。画面を眺めているうちに物語に没頭した。ドラマが終わると、柵の方に目をやった。二匹が仲良く並んで眠っていた。

永勝は身体の向きを変え、二匹を見守りながら泡盛を啜《すす》った。テレビを消してしまえば、聞こえるのは二匹の寝息と畑から流れてくるサトウキビの音だけだった。穏やかな時間が流れていく。

「悪くない」

永勝は独りごちた。

「こういうのも、悪くはない」

いつもの泡盛が、いつもよりうまく感じられた。

6

シロが空を見上げて鋭い声で吠えた。雲が凄《すさ》まじい速さで流れている。タマがその横で毛を逆立てている。タマにとっては初めての台風だ。気圧の変化を敏感に察知して、得体の知れないものの接近に神経を尖《とが》らせている。

台風の季節がやってきたのだ。新聞もテレビも、数日前から台風関連の情報をやかましいぐらいに流していた。

年々、台風の猛威は激しさを増していく。島の河口にある汽水域に生えている若いマングローブは台風が来るたびに流されてしまう。かつてはそんなことはなかった。温暖化のせいだと言われているが、本当のところはわからない。

永勝は口にくわえていた釘を壁に打ちつけた。台風が来る前に窓や裏戸を補強しておかなければならなかった。

「シロ、とっとと用を足して家の中に入ってろ。今日は畑には行かんぞ」

金槌《かなづち》を振り上げながらシロに声をかける。雲は相変わらず凄まじい速さで流れながら、その厚さを増していた。間もなく雨になる。雨は前触れに過ぎない。夜になれば禍々《まがまが》しいまでの暴風が吹き荒れるのだ。

シロが塀の隙間から外に出ていった。タマは動かない。逆立った毛が野性味を際立たせていた。

「おまえは行かんのか?」

最後の釘を打ちつけて、永勝は金槌をおろした。タマが永勝を見上げた。そこらにいる家猫とほとんど変わらぬ大きさに成長したタマは、滅多に鳴かなくなった。まだ子猫だった時には永勝にも甘えてきたが、最近では永勝が唐突な動きをすると警戒する素振りを見せる。キャットフードの食いつきも悪くなっていた。

一度、シロと共に森から戻ってきたタマの口の周りがどす黒く濡れていたことがある。森の中で野ネズミかなにかを捕食したのだ。

いつかタマはいなくなる。そんな予感が永勝の心にさざ波を立てた。

「おまえはいいのか? あとで小便がしたいって泣いても知らないぞ」

タマが首を傾げた。

「シロ、早く戻ってこい。すぐに雨が来るぞ」

畑に向かって叫んだ。

「さ、タマ、先に中に入ってるぞ」

永勝が家の中に駆け込むと、タマが後を追いかけてきた。自ら柵の中に入り込み、隅っこで身体を丸めた。

毛は逆立ったままで耳は持ち上がり、落ち着きのない視線を左右に走らせている。

シロがやってきた。永勝に一瞥《いちべつ》をくれると、そのまま柵の中に入っていった。タマに跨《また》がるように立って、タマの毛をぺろぺろと舐めた。タマの警戒心が伝わっているのだろう。まるで落ち着きなさいとたしなめているかのようだった。

いつもならタマはそのままおとなしくなって眠りに落ちる。だが、今日は牙を剝いてシロを威嚇した。シロは飛び退《すさ》り、途方に暮れたような顔を永勝に向けた。

「初めての台風で気が立ってるんだ。放っておいてやれ」

永勝は仏壇のそばの抽斗《ひきだし》から蠟燭《ろうそく》の入った箱を取りだした。停電に備え、懐中電灯の横に蠟燭とライターを置いた。

ガラス窓が震えていた。風がごうごうと吹き荒れていた。

長い一日になりそうだった。

＊＊＊

夜半近くになって風雨が激しさを増した。風に家が揺れ、窓枠がしなった。間断なく打ちつけられる雨音はまるで機関銃のようだった。

シロは眠っていたが、タマは起きていた。家が揺れるたびにタマの背中が波打った。

永勝は窓辺に立って外を見た。雨粒が目くらましのように窓を打ちつけていた。外の様子は皆目見当がつかない。

電話が鳴った。受話器を耳に当てると美江子が早口でまくし立ててきた。

「義兄さん、そっちはだいじょうぶ？」

「ああ。そっちは？」

「近所で木が倒れて、家の塀が崩れたところがあるの。義兄さんのとこの庭にも木があるでしょう？　だいじょうぶかなと思って」

庭の真ん中に、十メートルほどのウラジロガシが生えている。美江子はあの木のことを気にしているのだ。

「今のところ、だいじょうぶだよ」

「古見《こみ》の方は停電してるところもあるって」

古見というのは島の東部にある集落だ。

「この調子だと、こっちもいずれ停電しそうだな。準備はしてあるのかい？」

「うん。旦那と息子がやってくれてるわ」

「なら、だいじょうぶだ」

「うちはいいけど、義兄さんはひとりだから心配だわ」

「シロと……」

タマと言いかけて、永勝は言葉を濁した。

「なんですって？」

「シロがいるからだいじょうぶさ」

「犬になにができるっていうのよ。なにかあったら、遠慮なく電話して。息子を迎えに行かせるから」

「何十年生きてると思ってるんだ。台風なんか慣れたもんだ」

「それでも、今回のは特別だってニュースで言ってたし」

「わかったよ。困ったことになったら電話——」

突然、シロが激しく吠えた。次の瞬間、凄まじい轟音《ごうおん》と共に縁側に続く引き戸の窓ガラスが砕け散った。

「どうしたの、義兄さん？　なにがあったの？」

永勝は受話器を放り投げた。

窓ガラスを突き破って飛び込んできたのはウラジロガシの枝だった。

シロがまだ吠えている。静かにしろ——シロに顔を向けようとして永勝は動きを止めた。タマが柵を跳び越えた。

「タマ！」

止めようと伸ばす指先を掠《かす》めるように、タマが庭に飛び出ていった。

「タマ、どこに行く」

雨が吹き込んでくる。風が家具を蹂躙《じゅうりん》する。急いで割れた窓を塞がなければ被害は拡大するばかりだ。

シロがまだ吠えている。

「タマは後で呼び戻す」

シロに向かって叫ぶように言い、永勝は玄関に向かった。万一に備えて、ベニヤ板を用意しておいたのだ。風と雨に逆らってベニヤ板を引き戸に打ちつけた。なんとか風雨をしのげるといった程度だったが、なにもないよりはずっとましだった。短い間の作業だったが、全身がずぶ濡《ぬ》れになった。畳も水浸しだった。

「シロ、おまえはここで待ってろ」

雨合羽《あまガッパ》を着て庭に出た。風が合羽を剝ぎ取ろうとする。雨が強すぎて目を開けていられない。

「タマ！」

永勝は叫んだ。

「どこに行った、タマ。早く戻ってこい」

ウラジロガシが激しく揺れていた。まるで操り人形のようだ。

「タマ！」

　永勝は腰を屈めた。まっすぐ立っていると風に吹き飛ばされそうになる。

「タマ!」

　腹に力をこめて叫んだが、風がその声を遠くにさらっていった。なにかが凄まじい勢いで空を飛んでいくのが見えた。空を埋め尽くす真っ黒な雲が蠢《うごめ》いている。雨粒が銃弾のように身体を叩き、庭の地面に穴を穿《うが》っていく。

「タマ!」

　永勝はもう一度叫んだ。なんとか目を開けてタマの姿を求めた。

　台風に蹂躙される世界が見えるだけだった。

　視界の隅でなにかが動いた。シロが庭に出ていた。森に向かって吠えながら駆けだそうとしている。

「だめだ」

　永勝は地面に倒れ込むようにシロに抱きついた。

「だめだ、シロ。行くな」

　腕の中でシロがもがく。タマを呼ぶかのように吠えている。

　永勝はシロを抱きかかえて立ち上がった。永勝もシロも泥まみれだった。

「家に戻ろう。そのうち、タマも帰ってくるさ」

　シロに言い聞かせながら家に入った。床が泥と水で汚れたが、知ったことではなかった。

7

台風は夜のうちに去っていった。シロは一晩中鳴き続け、朝の餌にも口をつけようとはしなかった。

「食欲も失せるぐらい心配なのか?」

シロの姿に心が痛んだ。

「よし、タマを捜しに行こう」

永勝はシロを伴って外に出た。庭は酷《ひど》い状態になっていた。深い水たまりがあちこちにでき、どこかから飛んできたがらくたやゴミが浮かんでいる。折れたウラジロガシの枝がそこらじゅうに転がり、足の踏み場もないほどだった。後始末をするには何日もかかる。だがなにより、今はタマを見つける方が先決だった。

シロが塀の隙間から外へ出ていった。永勝は慌てて後を追いかけた。シロは飛ぶように走りながらサトウキビ畑を突っ切り、森の中へ駆け込んでいく。

「シロ!」

永勝は叫んだ。タマだけでなくシロまで戻らなかったらと考えると、胸が締めつけられるように痛む。

走ろうとして、永勝は顔をしかめた。膝に痛みが走る。とうに無理が利く身体ではなくなっているのだ。

「シロ、戻ってこい」

痛みをこらえながら、森に向かった。シロは森の色と同化してその姿を確認することもできなかった。

「シロ！」

不安がすべてを塗り潰していく。シロがいなくなったら、初江にどうやって詫《わ》びたらいいのだろうか。いや、己の孤独をどう埋めろというのか。

藪《やぶ》を掻《か》き分けて森に入った。

「シロ！」

叫びながら闇雲に歩き回る。

「シロ！」

あらん限りの声で叫んだ。喉が痛む。それでも叫び続けた。

「シロ、戻ってこい！」

昨夜の荒天が嘘だったかのように柔らかい陽射しが森に降り注いでいた。そこかしこで木漏れ日が複雑な模様を浮かび上がらせている。荒れているのは永勝の心だけだった。

「シロ！」

永勝は足を止めた。呆然《ぼうぜん》と立ち尽くした。シロの姿もタマの姿も見当たらなかった。漠然とした不安が胸の内を塗り潰していく。まるで壊滅した世界にひとり取り残されたような恐怖に身体が震える。

シロがいなくなれば永勝はひとりぼっちだった。正真正銘のひとりぼっちだ。

「シロ！　シロ‼」

永勝はシロの名を呼びながら迷子のように森の中をさまよった。

＊＊＊

昼過ぎにシロが戻ってきた。庭の真ん中に立って振り返り、悲しげな目をタマが消えた森に向けた。

「シロ」

永勝は庭に出た。不安が掻き消え、強張っていた四肢に血が巡っていくのが感じられた。なにもする気になれず、座布団の上で胡座《あぐら》をかいて呆然としていたのだ。

初江もシロもタマもいない家は薄ら寒く、空虚だった。自分の居場所さえ失ったような気がした。初江を失った時と同じ虚無感が心を蝕《むしば》もうとしていた。

そんな時にシロが戻ってきたのだ。

シロが吠えた。これまでに聞いたことのない、長く尾を引く吠え声だった。懸命にタマを呼んでいる。戻ってこいと訴えている。

初江の遺体を前にした時の永勝と同じだった。永勝も泣き、無理な願いだとわかっていても、戻ってきてくれと念じた。

あの時、シロはどこでなにをしていたのだろう。庭にいたはずだ。きっと、今と同じように、初江を求めて鳴いていたはずだ。

気づかなかった。思いがシロに向いていなかった。自分の悲しみに囚《とら》われて、シロのことが目に入っていなかった。

約束したのに。シロの面倒を見ると初江に約束したのに、反故《ほご》にした。毎朝、毎夜、餌は与えた。畑仕事にも一緒に出かけた。だが、それだけだ。抱きしめてやらなかった。撫でてもやらなかった。悲しみを分かち合おうとしなかった。

「おまえも寂しかったんだな。初江がいなくなって、途方に暮れてたんだろう？」

永勝はシロに近づき、背中に触れた。初江はまめにシロを洗っていた。永勝は一度もしたことがない。シロの毛は薄汚れ、強張っていた。

タマが来て、永勝とシロの孤独は癒された。だが、タマがいなくても孤独を癒す方法はあったのだ。シロは永勝の家族だった。永勝もまた、シロの家族だったのだ。

「すまんな。初江に約束したのに、おれは酷い人間だな」

腰を屈め、シロを抱きしめる。シロの背中の毛に頰を押し当てる。汚れなど気にならなかった。シロは温かかった。鼓動が伝わってくる。シロの生命力を感じることができる。

「タマは戻ってこない。あれは野生の生き物だ」永勝はシロに優しく語りかけた。「だが、だいじょうぶだ。おまえにはおれがいる。おれにはおまえがいる」

シロが尾を振った。永勝は顔を上げた。森に向けられていたはずのシロの視線が永勝を射貫いていた。

「タマがいなくても平気だ。そうだろう、シロ」

シロの尾が激しく揺れた。

「今日からおれは、おまえの本当の飼い主になるぞ。初江との約束を守るんだ」

シロが永勝の頰を舐めた。シロの背後で初江が微笑んでいるような気がした。

「来い、シロ。身体を洗うぞ」

永勝は腰を上げた。シロは一度、森を見、それから、尾を振ったまま永勝を見上げた。

シロの笑顔は晴れ晴れとしていた。

＊＊＊

その夜、永勝は自分の布団にシロを招き入れた。シロを抱きながら寝た。シロは温かった。心が満たされたまま、永勝は深い眠りに落ちた。

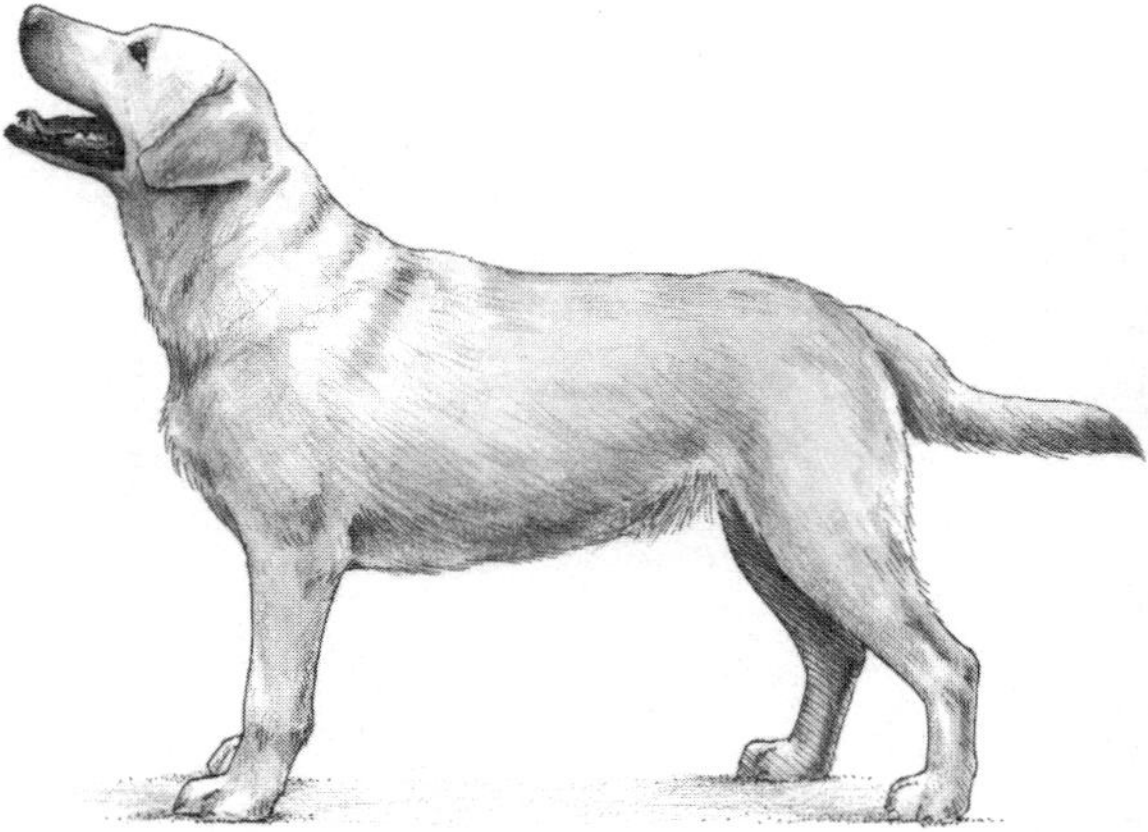

ラブラドール・レトリーバー

Labrador Retriever

1

里中保《さとなかたもつ》は意固地な男だった。視力を失ってさらに意固地になった。他人の声を嫌い、他人の気配を嫌い、結局、すべてに背を向けて都会を去った。人里離れた別荘にこもり、身の回りの世話をする人間をひとりだけ雇って世捨て人を気取った。

里中は小説家だった。インターネット環境が整ってさえいれば、どこでも仕事はできた。目が見えなくてもパソコンの音声入力ソフトを使って文章を書くことができた。

里中の担当編集者たちは喜んだ。里中に会うたびに嫌みを言われ続けてきたのだ。交通の便が悪いがゆえにメールだけで原稿を受け取り、ゲラも里中の世話を焼くために雇われた中年の女性とやりとりするだけで済むようになったからだ。

里中が書くのはミステリ風味の恋愛小説で、出版すればそこそこに売れた。だから、年に二、三冊長編を書けば食うには困らなかった。里中は気が向いた時に執筆し、それ以外の時は、気に入りのクラシック音楽を聴きながら酒を飲んで過ごした。

「先生、今日はとてもお天気がいいですよ。お庭に出てみたらいかがですか？」

時折、雇った女が声をかけてくるが、里中は決まって無視した。それでも、女がめげる様子はなかった。鼻歌をうたいながら掃除をし、洗濯をし、里中の食事を作った。

「先生、庭の山桜が満開ですよ。お庭に出ませんか？」

里中は常に女の言葉を無視するわけではなかった。興味のある事柄には答えを返した。

「目が見えないのにどうしろというんだ」

「あら。桜はお好きなんですね。ちょっと待っててください」

女の足音が遠ざかっていく。里中は鼻を鳴らし、また酒を啜《すす》った。昼間から酒を飲み、酔うと寝る。どうせ一日中暗闇の中にいるのだ。朝も夜も関係なかった。

軽やかな足音が近づいてくる。女はもう四十歳をすぎているはずだが、足取りも声も少女のようだった。

「先生、どうぞ、召し上がれ」

女が里中の手に冷たいものを握らせた。ガラスのぐい飲みだった。

「いつもウイスキーですけど、たまには日本酒もいいでしょう？　庭の桜の花びらを浮かべておきました」

里中はぐい飲みを鼻に近づけた。かすかに桜の香りがした。酒を飲む。口の中に春の香りが膨らみ、鼻から抜けていく。

「あら。先生、笑うと可愛《かわい》いのね」

女に指摘され、里中は自分が微笑んでいることに気づいた。すぐに仏頂面になり、酒を飲み干した。

「日本酒は飽きる。ウイスキーがいいんだ」

「はいはい。もし、また花びら入りのお酒が飲みたくなったら遠慮なく言ってください。まだしばらくは楽しめますからね」

女は里中からぐい飲みを受け取り、また軽やかな足取りで去っていった。

里中の別荘は町の外れに建っていた。山梨県と県境を接する小さな町だ。元はといえば、里中の実家がこの町にあった。里中自身がこの町で暮らしたのは幼少時のごく短い期間でしかなかったが、神奈川へ転居した後でも両親と姉はこの町の人間と密接に連絡を取っていた。里中がここに別荘を建てることになったのも、姉にうるさくせがまれたからだ。

「せめて夏ぐらいは、故郷で過ごしたいのよ。お願い。お金あるでしょう」

姉は里中とは違い、素直であけっぴろげな性格だった。里中は姉が苦手だった。だが、そのおかげでこの町で暮らすと決めた時にも、案外と簡単に身の回りの世話をしてくれる人間が見つかったのだ。

その姉は、たいした用もないのに週に一度、必ず電話をかけてくる。里中にはその時間が苦痛だった。いっそのこと、スマホ経由でパソコンをネットに接続させることにし、電話線を引き抜いてやろうかと思う。だが、実際にそうしたところで、姉はあの手この手を使って里中のスマホの番号を手に入れ、スマホに電話をかけてくるだけだ。

里中は溜息《ためいき》を酒で飲み下した。タイミングを見計らったかのように電話が鳴る。姉からの電話に決まっている。酒で飲み下したはずの溜息が口から漏れた。

「先生、多香子《たかこ》さんからお電話です」

呼び出し音が途絶え、女の声が響く。里中は狸《たぬき》寝入りを決め込んだ。

「先生、お姉さんからですよ。さっきまで起きてらしたの、知ってるんですから」

女が無遠慮に里中の肩を揺すった。何度も叱ったが、女はこの手のことに関しては聞く耳を持たなかった。電話がかかってきたら出る。女にとってそれは曲げてはならぬ原理原則なのだ。

「申し込んだわよ、保」

受話器を耳に押し当てるなり、姉の甲高い声が耳に飛び込んできた。里中は顔をしかめた。

「申し込んだって、なにをだよ？」

「いやねえ。盲導犬よ。決まってるじゃない」

寝耳に水だった。里中は背筋を伸ばした。

ない。


「盲導犬？　なんの話だよ。聞いてないぞ」

「話しました」姉の声音が変わった。「またわたしの話をちゃんと聞いてなかったのね」

姉の話を聞き流すことは多々ある。だが、盲導犬の話などが出たことはない。断じてない。

「姉さん、盲導犬なんて本当に初耳だ。もし、前に話が出てたとしたら、断ってる。おれは今のままで充分なんだ」

「充分ですって？　充分？　あなた、わたしが毎日どれだけあなたのことを心配してるか、まだわかってないのね？　明美《あけみ》さんがあなたのためにどれだけ苦労してるかもわかってないわけね」

里中は受話器を耳から遠ざけた。明美というのは世話を焼いてくれる女のことだ。

「あなたはいいわよ。まるで王様みたいにふんぞり返って、腹が減った、酒が飲みたい、風呂に入りたいって威張ってればいいんだもの。だけど、他人の身になって考えてみなさい。だいたいあなたは昔から自分勝手だったけれど……」

里中は受話器を持ち替え、酒を飲んだ。こうなった姉はだれにも止められない。喋《しゃべ》りたいことすべてを喋り終えるまでは喋り続けるのだ。

里中はいつも嘆息と共に姉の言葉の奔流に押し潰され、結局は姉の言うがままになる。昔からそうだった。今もそうだし、未来も変わらないだろう。この世でただひとり、里中の頭が上がらないのは姉なのだ。

五分以上まくし立てたあとで、姉の言葉の勢いが弱まった。里中は再び受話器を耳に押し当てる。

「わかったの？」

「わかったよ」

姉がなにを喋っていたのかはわからない。ただ、こう答えれば姉の機嫌が直ると知っているだけだ。

「よかった。じゃあ、来週、迎えに行くわね」

「迎え？」

「盲導犬と暮らすにはそれなりの手続きが必要なの。今話したばかりでしょ」

「姉さん、ちょっと待ってくれ……」

「もう、手筈《てはず》は全部整えてあるから、あなたはわたしについてくればいいだけ。今度の日曜よ。迎えに行くからちゃんと支度しておいてね」

言いたいことを言うと、姉は一方的に電話を切った。

「よかったですね」

女——明美が受話器を受け取りに来た。

「盲導犬、どんなに必要でもすぐにってわけにはいかないんですって。待ってる人が大勢いて、犬の訓練が間に合わなくて。それよりなにより、盲導犬の絶対数が少ないそうですね。でも、先生は運がいいから、そんなに待たされることはないだろうってお姉さんがおっしゃってましたよ」

明美の言葉を聞きながら、里中は合点がいった。姉は明美と盲導犬の話をしたのだ。その時、里中は入浴でもしていたのだろう。明美と話したことを、里中と話したものと思い込んでいる。姉はそそっかしい性格でもあった。

「その盲導犬が先生の目の代わりになってくれたら、先生もいろんなことがご自分でできるようになりますよ」

明美は歌うように言って、里中から離れていった。

運がいいのなら、視力を失ったりはしまい。

里中は嘆息して、ウイスキーを舐めた。

2

盲導犬協会の訓練センターというところに連れていかれ、盲導犬との体験歩行その他、様々なことをやらされた。

文句を言っても無駄だ。姉は自分がやりたいことをやり通す。不満を漏らせば、その百倍の言葉で相手を薙《な》ぎ倒すのだ。

十日後に盲導犬協会の職員が里中の自宅を訪れ、里中の暮らしぶりを根掘り葉掘り訊《き》いていった。明美の話では、盲導犬が寝る場所や排泄《はいせつ》する場所の確認までしたらしい。

帰り際、職員が言った。

「里中さんと合いそうな犬が見つかるのに、半年ぐらいはかかるかと思います」

里中は肩をすくめた。明美の手を借りて書斎へ移動し、ウイスキーを飲みながら小説を書いた——喋った。

夜になって、姉から電話がかかってきた。

「もう、気むずかしそうな方ですねって、盲導犬協会の人に言われたわ。保、なにを喋ったのよ？」

「なにも。訊かれたことに答えただけさ」

「まったくもう、あなたって人は、受け答えがぶっきらぼうだから、すぐに人に誤解されるのよ」

誤解ではない。里中を知る人間の大半は、里中をいけ好かない男と見なす。知らないのは姉だけだ。

「普段の散歩コースを教えて欲しいって向こうが訊《たず》ねたら、散歩なんかしないって答えたらしいじゃない」

里中は唇を噛《か》んだ。密告者は明美だ。怒鳴りつけてやりたかったが、明美はとうに帰宅している。

「本当のことを言っただけだ」

里中は酒を満たしたグラスに手を伸ばした。家具の配置はすべて頭に入っているし、自分がなにをどこに置いたのか、忘れることはない。洗濯、掃除、買い物に料理は明美がしてくれる。外出する必要はないし、それで不便を感じるわけでもない。盲導犬など、煩わしいだけだった。

姉はまだ喋り続けている。里中はどうでもいい話を聞き流しながら酒を飲み続けた。元々好きだったが、視力を失ってからは酒量が増える一方だった。はじめの頃は、執筆中は飲まないように気を使っていたが、今は飲む。起きては飲み、酔っては眠り、また起きて飲む。

そのうちアルコール依存症になるのだろう。いや、もうすでになっているのかもしれない。どうでもよかった。いけ好かない小説家が飲みすぎで死んだところで、だれが気にかけるというのか。

だから、里中は飲む。酔って眠くなれば寝る。起きたらまた飲む。

「ああ、そうそう。保のところに盲導犬が来たら、是非会いに行きたいって雨音《あまね》が言ってるんだけど」

里中は口に運びかけていたグラスを途中で止めた。雨音は姪《めい》だ。もう何年も会っていないが、中学生になっているはずだった。

「来たけりゃ来ればいい」

「またそういう言い方をする。あの子だって保以上に傷ついてるのよ」

「どうして雨音が傷つくんだ？　おれが勝手にあの子を助けようとして代わりに車に轢《ひ》かれて視力を失った。それだけのことじゃないか」

「だから、自分のせいだって今でも思い悩んでるんじゃない」

「雨音のせいじゃない」

「保の口からそう言ってあげて」

「雨音がこっちに来たら、言うよ。姉さん、悪いけど、もう眠いんだ。切るよ」

姉がなにかを言う前に電話を切った。

酒を飲む。

自分の迂闊《うかつ》さを呪うことはあれ、雨音を恨んだことはない。それでも、あんなに可愛がっていた姪との距離は広がるばかりだった。

グラスが空になっていた。手探りで酒のボトルを摑《つか》み、グラスに注《つ》ぐ。もう、こぼしたりすることはない。暗闇は里中の一部と化している。目が見えていた頃の記憶は日々薄れていく。

一昨年、遺言状を作成した。里中が死ねば、里中の金と著作権は雨音のものになる。雨音はなにも知らない。知らせる必要があるとも思えない。

里中の小説は饒舌《じょうぜつ》な文体が特徴的だが、里中自身は口数の少ない男だった。

3

協会の職員は半年と言っていたが、一ヶ月で電話がかかってきた。他へ行く予定だった盲導犬がいるのだが、先方の事情で話がご破算になったと職員は言った。その犬が、里中と合うのではないか、と。

半年後と言ったのだから半年後でいい。

里中はそう言って電話を切った。そばで聞き耳を立てていた明美が姉に告げ口した。怒り心頭の姉から電話がかかってきて、里中は盲導犬訓練センターに赴いて、四週間の共同訓練を受けることに同意させられた。

次の週末には姉が車でやって来て、里中は車中の人になった。大型のスーツケースには着替えや洗面道具の他に、タブレット端末とウイスキーのボトルが入っていた。

センターに着くと、共同訓練に関する大まかなレクチュアを受け、書類に署名捺印させられた。今では署名も捺印も慣れたものだ。場所さえ示してもらえれば目の見える者と変わらずにすることができた。

それから、四週間の間寝起きする部屋に案内され、姉が荷ほどきをしてくれている間にウイスキーを飲んだ。

「ちょっと、なにしてるのよ」

「喉が渇いたんだ」

「これから、ワンちゃんとのご対面が待ってるのよ」

「いつも酒の匂いをさせてるんだから、初っぱなからこの匂いに慣れてもらった方がいいだろう」

里中は姉の怒りを無視して酒を飲み続けた。喉が渇いたというのは嘘《うそ》ではなかった。柄にもなく緊張しているのだ。

犬を飼ったことはない。興味すらなかった。それがいきなり、見ず知らずの場所で見ず知らずの犬と四週間暮らせと通達されたのだ。なにをどうすればいいのかもわからず、かといって逃げ出すこともできずにいる。

姉が恨めしかった。だが、その気持ちを姉にぶつけることはできない。姉が傷つくとわかっているからだ。里中はありとあらゆることに——自分自身に対してすら冷淡だが、姉にだけは自分らしい振る舞いをすることができなかった。物心がつく前から姉が主導権を握り、里中はそれに従うという関係性ができあがっていた。何度もそれをぶち壊してみようと足掻《あが》いてみたが、上手《うま》くいったためしがなかった。

姉が近づいてきて鼻をくんくん鳴らした。

「ほら、お酒臭い。ガムかなにか持ってないの？」

「フリスクならある」

「食べなさい。少しは匂いがごまかせるでしょ。さ、行くわよ」

里中は上着のポケットからケースを出し、フリスクを数粒、口に放り込んだ。ケースをしまう前に姉に左腕を取られた。慌てて右手でステッキを握る。フリスクのケースが床に落ちたが、姉は気づかなかったようだった。

部屋を出る。

「廊下よ。あなたの部屋からエレベーターまでは五メートルほど。左に進むのよ」

姉が歩きながら周囲の状況を説明してくれる。里中が光を失って以来、初めての場所に来た時はいつもそうしてくれるのだ。説明をはじめるタイミングも話し方もスムーズで、まるで長い間目の不自由な人間を世話してきたかのようだ。

姉が恨めしい。だが、姉を憎むことはできない。

エレベーターを降りると、犬の匂いが鼻をついた。

「里中さん、ジョーヌです」

職員の声が響いた。

「まあ、可愛い。保、ジョーヌですってよ。とても賢そうな顔をしているわ」

「どうしてジョーヌという名前に？」

　里中は訊いた。ステッキを握る手がうっすらと汗ばんでいる。

「ラブラドール・レトリーバーは、イエロー、ブラック、チョコと三種類の毛色があるんですが、この子はイエローでして——」

「ああ、だから、フランス語でジョーヌか」

　里中は職員の言葉を遮った。フランス語で黄色を意味するのがジョーヌだった。

「他にも、ドイツ語やイタリア語、スペイン語、いろんな国の言葉で黄色という意味を持つ名前を付けられた子たちがいます。もし里中さんが他に呼びたい名前があれば、その名前で呼んであげてください」

「いや。ジョーヌでかまわない」

　里中はステッキを持ち替え、右手でハンカチを握った。汗はじんわりと、しかし確実に掌《てのひら》を湿らせていく。

　ジョーヌの息遣いが聞こえる。それは実に落ち着いていた。

　ジョーヌの視線を感じる。ジョーヌは里中を品定めしていた。

「里中さん、こちらへどうぞ」

　職員に促されて、里中は足を前に出した。

「体験歩行のことは覚えていらっしゃいますか？」

「ええ」

記憶はあやふやだったが、里中はそう答えた。

「では、どうぞ。ハーネスを持ってください」

職員に誘導されるがまま、ハーネスを持ってください手を握った。途端に犬――ジョーヌが発する気配が変わった。ハーネスからもそれが伝わってくる。適度な緊張となにかへの意欲がジョーヌをとらえている。その雰囲気から、凛《りん》とした立ち姿が容易に想像できた。

「ヒール」

うろ覚えだった指示《コマンド》を思い出し、口にした。里中に合わせてジョーヌが歩き出した。ハーネスを握る左腕が引っ張られることはない。

「ジョーヌは生真面目な性格なんです。ですから里中さんとは上手くいくのではないかと……」

背後で姉に語りかける職員の声が響いた。里中は一瞬そちらに気を取られたが、ジョーヌは動じなかった。自信に満ちた足取りで里中を導いていく。

「弟はきつい性格だから、大らかな子の方が合うんじゃないかしら」

「とりあえず、これからの四週間でお互いの相性を見てですね……」

ジョーヌの動きが止まった。

「どうした?」

戸惑いながら、里中も足を止めた。

「里中さん、ジョーヌが止まる時はなにか理由があるんですよ」

背中から声が飛んでくる。舌打ちをこらえながら、里中はステッキで前方を探った。段差があった。盲導犬との歩行訓練のためにわざと設けられている段差だ。

「グッド・ガール」

ジョーヌに声をかけながら段差をまたいだ。風を感じた。

「あら。あの子、褒められたら尻尾を振ったわ」

姉の子供じみた声がした。

そうか。褒められると嬉《うれ》しいのか。だが、おれは滅多なことでは褒めないぞ。

ジョーヌの歩く速度が落ちている。里中は苛立《いらだ》ちを感じた。だが、次の瞬間、さっきより強い風が吹いてきた。風は木々の匂いをはらんでいた。

自動ドアが開いたのだ。里中がぶつからないよう、ジョーヌが歩く速度を調整したのだ。

「グッド・ガール」

思わず口にして、里中は顔をしかめた。激しく左右に動くジョーヌの尾が脳裏にありありと浮かんだ。

4

自分でも驚いたことに、里中はジョーヌが気に入った。褒められると大袈裟《おおげさ》に尻尾を振る癖があるが、ジョーヌはおおむね控えめだった。そしてなにより、仕事熱心だった。

　里中は仕事が好きだった。仕事に真面目に取り組む人間としか付き合いたくはなかった。光を失ってもなお、生きる気力をなんとか維持できたのは――酒に頼っていたとはいえ――仕事ができたからだ。音声入力ソフトがあったからだった。

　仕事をしていない時のジョーヌは静かだった。里中の足もとで伏せをし、じっとしている。眠っているわけではないのは気配でわかった。仕事をはじめる時が来るのをじっと待っている。

　その証拠に、里中が椅子から立ち上がると待っていましたと言わんばかりに身体を里中の脚に押しつけてくる。そうやって自分がそばにいることと、ハーネスの位置を伝えるのだ。

　センターからやって来てほんの一日か二日で、ジョーヌは家の中のことをほとんど覚えた。ダイニングキッチンからリビング、書斎、風呂場、トイレ、そして里中の寝室――里中が移動する場所の特徴を覚え、まごつくことなく誘導する。

体験歩行の時に一緒になった盲導犬はよくまごついた。それは犬のせいではなく、里中が未熟なせいだったのだろう。相変わらず里中は未熟だったが、ジョーヌは里中の未熟さをカバーする知恵を持っていた。

「先生、お散歩の時間ですよ」

キッチンの方から明美の声が響いた。

盲導犬が来たのだから、一日に一度は外の空気を吸いに出ること——姉からそう言い渡されていた。里中は抗議したが、もちろん聞き入れてもらえるはずはなかった。その他の時間に仕事をしようが酒を飲もうが寝ようが、それは里中の勝手だが、必ずジョーヌと一緒に散歩に出かけること。無視すれば、明美の口から姉に伝わり、姉が押しかけてきて終日監視される憂き目にあうだろう。

里中には姉のごり押しを受け入れるしか術《すべ》はなかった。

明美の声がするのとほぼ同時に、ジョーヌの気配が変わる。リラックスモードからビジネスモードへ。ジョーヌの柔らかい身体が仕事への意欲で満たされていくのをありありと感じることができる。

里中が腰を上げると、ジョーヌは里中の左側に回ってくる。人は右、犬は左。それが犬と歩くときの鉄則なのだ。ハーネスを握るとジョーヌはゆっくりと歩き出す。ドアがあること、段差があることを里中に的確に伝えながら玄関に向かう。里中が靴を履く間はじっと待ち、玄関のドアが開くとまた同じように歩きはじめる。敷地を出たら左。舗装はされているが狭い坂道を下り、下りきったところで突き当たる農地を右に曲がる。そのまま畑沿いを進んでいると、聞き慣れた声がした。

「あれま、先生。散歩かい。珍しいねえ」

おそらく、明美の父だ。この辺りに畑と田んぼを持ち、五十年以上、農業で暮らしを立てている。

「しかも、犬連れじゃないか」

「盲導犬なんです」

里中は答えた。里中が立ち止まるのをあらかじめ予測していたというようにジョーヌも脚を止める。

「ああ、明美が言ってた犬か。確かに賢そうだわなあ」

ジョーヌがやって来た日、明美はジョーヌのそばから離れようとしなかった。可愛いと賢いという言葉を連発し、ジョーヌのすることなすことに目を輝かせていた――と姉が説明してくれた。

犬を必要以上に可愛がるのは盲導犬としての能力を著しく阻害する。盲導犬協会の職員にそう諭されて、明美は渋々ジョーヌから離れたそうだ。いまだにジョーヌを呼ぶときは猫撫《ねこな》で声《ごえ》を出し、里中を苦笑させる。

「どうかね、先生。こっちの暮らしは？　明美の話だと仕事が忙しくて滅多に外出もしないそうだけど」

「ぼちぼち慣れてきたところです」

里中は会釈し、前を向いた。ハーネスに力をこめるとジョーヌが歩き出す。

明美の父はそれ以上声をかけては来なかった。おそらく、里中を上手にリードして歩くジョーヌの姿に目を細めていることだろう。

ジョーヌといると、人々は里中ではなくジョーヌを見る。それは、里中には心地のいい現象だった。

農地をぐるりと一周し、帰途に就く。ジョーヌはもう道順をすっかり覚えているようだった。三十分に満たない散歩だが、帰宅するとぐったりとした疲労を覚えた。過度の飲酒と運動不足が原因だ。

「ジョーヌちゃん、お仕事ご苦労様」

気配を察した明美が猫撫で声で飛んでくる。だが、ジョーヌは明美に媚《こ》びることもない。ジョーヌの仕事はまだ終わっていないのだ。靴を脱ぐ里中を待ち、リビングか書斎まで誘導する。しばらく休息を取ってから、里中はシャワーを浴びる。里中をバスルームまで連れていき、シャワーを浴び終えた里中をまたリビングか書斎まで連れ帰る。

そうしてやっと、ジョーヌの仕事のサイクルが一段落するのだ。

シャワーで汗を流し終え、リビングの片隅に置かれたデッキチェアに腰掛ける。すべてを心得た明美がよく冷えたビールの注がれたグラスを里中に握らせる。ビールで喉を潤してからジョーヌに声をかける。

「グッド・ガール」

空気が揺らぐ。ジョーヌが尾を振っているのだ。

「さあさあ、ジョーヌちゃん、もう仕事は終わりでしょう。水を飲む？　それともおやつを食べる？」

「明美さん」里中は声を荒らげた。「おやつなどはなるべく与えないでくれと言われたでしょう」

「はいはい。それはわかってるんですけどね。こんなに一所懸命働いて、健気なんですもの……ジョーヌちゃん、おやつはダメだそうだから、代わりにマッサージしてあげましょうね」

これまでは明美の神経はほぼ百パーセント里中に注がれていた。里中にはそれがわずらわしくてしょうがなかった。しかし、明美がいなくなれば生活に支障を来すのは自明の理で、我慢する他に選択肢はなかったのだ。

だが、今では明美はジョーヌに首ったけだ。家の中の移動などはジョーヌに任せておけばいいのだし、里中に気を使わなくて済む分、明美の家事にも余裕が出ているような気がする。

四週間の共同訓練を経てもなお、ジョーヌを迎えることには躊躇《ためら》いがあった。これまでの生活のリズムが崩れるのが嫌だったのだ。外出などしなくてもかまわない。それで不便に思ったことはない。姉がいなければ、そもそも盲導犬を迎え入れるという考えさえ湧かなかったのだ。

だが、ジョーヌはここにいて、少しずつ里中の生活を変えている。

「ウイスキー」

里中は空になったグラスを宙に突きだした。

「あら、もう飲んじゃったんですか？」

不満をあらわにしながら明美がグラスを受け取った。もっとジョーヌに触れていたいのだ。

「早くしてくれ」

里中はつっけんどんに言った。明美の足音が遠ざかっていく。

「ジョーヌ」

声をかけるとさほど待たされることもなくふくらはぎにジョーヌの体重がかかってきた。

「おまえがいると助かることもある。だが、面倒なことも同じぐらいある。それを忘れるな」

明美にかけたのと同じ、不機嫌な声で言った。

空気が揺らいでいる。ジョーヌが尻尾を振っているのだ。

「なにが賢いだ。犬はしょせん犬に過ぎないじゃないか」

里中は顔をしかめた。

5

梅雨があけ、夏がやって来た。ジョーヌとの生活も一ヶ月を過ぎた。目覚める時も眠る時もジョーヌの気配が近くにある。それが日常と化していた。梅雨の間は滞りがちだった日中の散歩も、梅雨あけと共に再開した。

散歩をすると体調がいい。里中は渋々ながらそれを認めた。

「あら、先生、もうお散歩の時間ですか？」

ジョーヌと支度をしていると明美の声がした。軽快な足音がこちらに向かってくる。

里中は顔をしかめた。

「もう暑いですからね、先生、ジョーヌちゃんのために散歩の時間変えてあげたんですね。優しいところ、あるじゃないですか」

「ジョーヌのためじゃない。日が高くなると暑くて参るのはこっちだ」

里中は顔をしかめたまま靴に手を伸ばした。かつてはステッキで靴の位置を確かめていたが、今はその必要がない。ジョーヌが教えてくれるからだ。

「ほんとに意固地ですね。たまには素直になればいいのに」

「行ってくる」里中は明美の声を遮るように言った。「戻って来たらビールだ」

「はいはい。冷蔵庫の中できんきんに冷えてますから」

敷地を出ると、いつものコースを歩く。里中は夜露で濡《ぬ》れた草花の匂いを吸う。季節の変化を匂いで感じ取れることに喜びを覚える。

畑にまかれた堆肥《たいひ》の匂い。風にざわめく新緑の匂い。湿った土の匂い。

ジョーヌと出歩くようになって様々な匂いに気づいた。夏には夏の、秋には秋の、冬には冬の匂いがあるのだろう。それを嗅ぐのが楽しみでしょうがない。

「おや、ジョーヌ？　こんな時間に散歩か」

聞き慣れた声が飛んできた。近所の高畠《たかはた》という中年男だ。近隣の者たちはみな里中ではなくジョーヌに声をかける。はじめのうちは、珍しがって里中に話しかけてきたのだが、里中が気難しくて話し下手の男だと知ると、だれもがジョーヌにしか語りかけなくなったのだ。

見知った人間に声をかけられるとジョーヌの尻尾が激しく揺れる。里中は空気の振動でそれを感じ取る。

ジョーヌは人が好きなのだ。

だが、だからといってジョーヌが仕事の手を抜くことはない。喜びに激しく尻尾を振りながら、確実に着実に力強く里中を誘導して歩き続ける。常に耳を立て、目を動かして周辺の状況を確認し（明美が散歩をしている時のジョーヌの様子を教えてくれた）、段差や信号があれば里中の注意を上手に惹《ひ》く。

今では里中はなんの不安もなしに散歩に出ることができた。家の中を移動する時もステッキは必要ない。ジョーヌのハーネスを摑めばそれで事足りるからだ。

いつものコースを順調に歩いて帰途に就く。初めてジョーヌと散歩に出た時に比べて倍は歩くようになっていた。日は高く、空気はじっとりと湿っている。ジョーヌの息遣いは荒かったし、里中の全身は汗ばんでいた。

帰宅するとジョーヌは水を飲む。里中はシャワーを浴びる。バスルームから出ると、明美が用意したビールを呷《あお》る。ジョーヌがどこからかやって来て、足もとに伏せるのを感じる。

「グッド・ガール」

里中は腕を伸ばす。ジョーヌの体温を感じながら位置を把握し、頭を撫でる。ジョーヌの尾が激しく揺れるのを感じる。

「先生――」

　足音と共に明美の声がした。里中は慌てて手を引っ込めた。

「言い忘れてたんですけど、さっきお姉さんから電話がありました」

　里中は渋面を作ってビールを啜った。

「来週、娘さんを連れてくるからよろしくっておっしゃってましたよ」

「来週？　聞いてないぞ」

「娘さんが夏休みになったら連れてくるって、わたしがお姉さんから聞いて、先生に何度も話したじゃないですか」

　明美の話すことは右から左へ聞き流す。ちゃんと耳を傾けるのは仕事に関する連絡事項だけだ。

「何度も？」

「何度もです。その度に先生はわかったっておっしゃってましたよ」

「そうか……で、どれぐらい滞在するって？」

「一週間だそうです」

　里中は溜息を漏らした。

　一週間。ジョーヌだけと一緒ならあっという間に過ぎ去っていく。だが、姉と一緒、いや、姪まで一緒となると、それは永遠にも等しい時間に思えた。

スリッパを履いただけの素足に温かく柔らかいものが触れた。ジョーヌが身体を寄せてきたのだ。

「じゃあ、伝えましたからね」

明美の気配が遠ざかっていく。里中は再び手を伸ばしてジョーヌに触れた。

「おれの気持ちがわかって慰めてくれたのか？」

ジョーヌは里中の脚に身体を押しつけたまま、身じろぎもしなかった。

6

姉と雨音は土曜日の昼過ぎにやって来た。出迎えた明美の声から、姉が引っ越し同然の荷物を車に積み込んできたことがわかる。

里中はスマホに繋《つな》いだヘッドフォンを装着した。お気に入りのクラシックを選曲し、ボリュームを上げる。姉と明美の姦《かしま》しいやりとりが遮断される。里中の世界は耳から流れ込んでくる旋律と足もとに横たわっているジョーヌの気配で満たされる。時折ウイスキーを舐めながら、里中は小さな世界を堪能した。

ジョーヌがその心地よい世界の均衡を崩した。柔らかい毛並みが里中の脚に触れた。なにかの気配を感じて立ち上がったらしい。

里中は溜息を押し殺した。姉がやって来たのだろう。ノックをしても反応しない里中に業を煮やして勝手にドアを開けたに違いない。

音楽を切り、ヘッドフォンを外した。頭ごなしに叱りつける声を待っていたのだが、なにも聞こえない。化粧の匂いもしない。ならば、やって来たのは姉ではない。

雨音だ。

「保おじさん、ごめんなさい。ノックしても返事がないから……」

「かまわないよ」雨音にかける声は常に自分でも驚くほど優しい。「入っておいで」

「でも……」

「ジョーヌはなにもしないよ。大丈夫」

「ママがおじさんに挨拶してきなさいって」

ジョーヌの気配がしなかった。里中は腰を丸め腕を伸ばす。ジョーヌはすぐそばにいた。

「ジョーヌ、どうした?」

声をかけると尻尾がゆっくり振られるのが感じられた。初対面の人間を目の前にして戸惑っているのかもしれない。

「触ってもいい?」

雨音が言った。

「いきなり触るとびっくりするから、しゃがんで、目の高さをジョーヌに合わせるんだ。それから、ゆっくり手を伸ばして触ってごらん」

「うん」

雨音の声が弾《はじ》けた。

雨音がしゃがむ音がする。雨音の緊張と興奮が伝わってくる。だが、ジョーヌの気配に変化はなかった。

「触った？」

「うん。今も触ってる」

「ジョーヌの様子は？」

「おじさんのこと気にしてるみたい」

「尻尾も振ってないよな？」

「うん。でも、わたしが触ってもいやじゃないみたい」

「そうか……」

里中は首を傾《かし》げた。ジョーヌは行き交う人から声をかけられただけで大袈裟に尻尾を振る。だから雨音に撫でてもらえば喜びをあらわにするだろうと思っていたのだ。

「柔らかくて温かい」

ジョーヌの反応は意外だったが、雨音の声は弾んでいた。

「明日の朝、一緒に散歩に行くか？」

「いいの？」

「うん。ただし、散歩はジョーヌにとっては仕事だから、仕事中に触ったり話しかけたりしちゃだめだ。守れる？」

「うん」

「じゃあ、朝七時に玄関に集合だ」

「七時？」

「犬は暑さに弱いんだ。だから、夏の間は朝早くに散歩に行かないとばてちゃう。無理ならいい。おれとジョーヌだけで行ってくる」

「行く。ちゃんと起きるから」

「寝坊しても待たないぞ」

「だいじょうぶ。ちゃんと起きるから」

空気が動いた。雨音が立ち上がったのだ。相変わらずジョーヌに変化はない。

「あ、そうだ。ママがおじさんはなにをしてるのって怒ってる。呼んできなさいって言われたの」

「保おじさんは眠ってるって言っておいてくれ」

「うん。じゃあ、後でね。晩ご飯はママが頑張るみたい。凄《すご》いステーキ肉買ってきたの」

「それは楽しみだな」

里中は腕を伸ばし、ジョーヌの背中を撫でた。

「ジョーヌ、お裾分けがあるぞ。ステーキなんて食べたことないだろう」

ジョーヌの尻尾が揺れた。雨音の気配はすでに消えている。部屋を出て行ったのだ。

「雨音のことが気に食わないのか？」

里中は声をかけた。だが、ジョーヌは尾を振り続けるだけだった。

7

「ちょっと勘弁してくれない、保」

散歩に出る支度をしていると、姉の眠そうな声がした。

「雨音ったら、寝坊したら置いて行かれるって言って、五時前から、時間だいじょうぶかなってわたしに聞いてくるのよ。おかげで寝不足だわ。肌によくないのよ」

「目覚まし、買ってやりなよ」

里中は笑った。

「スマホがあるわよ。目覚ましでもなんでも、いろんな機能がついてるんだから」

「じゃあ、おれじゃなく雨音に言いなよ。自分で起きろって」

「あなたが言ってよ。わたしの言うことなんか聞かないんだから」

階段を駆け下りてくる音がした。

「まだ六時五十五分だよ。わたし、寝坊してないから」

「わかってるよ。さ、行こう」

「待って。急いで靴履くから」

ハーネスを握るとジョーヌが動き出した。玄関を出て先を急ごうとするジョーヌを制止する。

忙しない足音が追いかけてくる。姉とそっくりな音の立て方だった。

「待っててって言ったのに」

「だからこうして待ってるじゃないか。行こう、ジョーヌ」

ハーネスを握る手にほんの少し力をこめる。今ではそれだけでジョーヌに意思を伝えることができた。

はじめのうちは、雨音は里中に遠慮し、ジョーヌに気を使うように後ろの方を歩いていた。だが、十分もすると、里中たちを追い抜き、普段見慣れぬ光景に感嘆の声をあげはじめた。

「保おじさん、あの畑はなにを育ててるの?」

「この辺りなら、多分、キャベツかレタスだと思うが」

「あ、きっとレタスだ。へえ、レタスってあんなふうに育つんだ」

雨音は東京で生まれ、東京で育った。目に映るものすべてが新鮮なのだろう。無邪気な声が農地に響き渡り、風に揺れる農作物の音がそれにこたえた。

「里中先生、娘さんかい？」

畑の方から声が響いた。

「姪です。騒がしくてすみません」

「姪っ子さんかい。元気でいいなあ。お嬢ちゃん、トウモロコシ食べるかい。採れたては甘くてうまいぞ」

「トウモロコシって、生でも食べられるの？」

「採れたてなら平気だよ。あの人の言う通り、甘くて美味《おい》しい。もらってくるといい」

「うん」

雨音の足音が軽やかに遠ざかっていく。里中が足を止めると、ジョーヌも歩くのをやめた。

「暑くないか？」

声をかける。ジョーヌの尻尾が揺れる。まだまだ平気だと言っている。

「ありがとうございます」

雨音の声がする。声は聞こえないが、トウモロコシを与えた農家の男が笑っているのがわかる。ジョーヌと散歩をするようになって、感覚が鋭敏になった。かつては聞こえなかったものが聞こえ、感じ取れなかったことが感じられる。

「トウモロコシ、皮を剝《む》いてくれて、髭《ひげ》も取ってくれたの」

雨音の息が弾んでいる。

「食べてごらん」

「本当に火を通さなくてもだいじょうぶかな？」

「だいじょうぶ」

しばし間があった後、雨音がトウモロコシにかぶりつく音を里中ははっきりと聞いた。

「甘い」次の瞬間、雨音が声を張り上げた。「美味しい。こんなに美味しいトウモロコシ食べたの初めて」

「トウモロコシだけじゃない。レタスもキャベツも、キュウリやナスだって、採れたては甘くて信じられないぐらい美味しい」

「ほんと？」

「きっと、今日の朝飯は、この辺りで採れた野菜のサラダが出るぞ」

明美が張り切って野菜を運んでいる姿が容易に想像できる。今頃は姉とふたり、キッチンで奮闘しているはずだ。

「保おじさんも食べる？」

雨音の問いかけに、里中は首を振った。

「そろそろ行こう。姉さんは食事の時間に遅れると機嫌が悪くなるからな」

「そうなの。ママ、お腹が減るといっつも不機嫌」

歩き出してしばらくすると、ジョーヌが里中に注意を促す。少し先で左折するのだ。

「ジョーヌって偉いね。ほんとに一所懸命仕事してるって感じ。わたしがトウモロコシ食べてても欲しがらないし」

「そういう風に訓練されてるんだ」

「遊びたいとか思わないのかな。ドッグラン行ったりとか……」

「さあ。思わないんじゃないか。仕事をすることがジョーヌの喜びなんだ」

「本当に偉いね、ジョーヌ」

足もとで空気が揺らいだ。ジョーヌの尻尾が揺れている。

雨音はそれ以上話すのをやめた。ふたりと一頭で黙々と歩く。そろそろ家に帰り着きそうだというところになって、雨音が再び口を開いた。

「保おじさん、ごめんね」

「ごめんって、なにが？」

「おじさんの目のこと」

「おまえのせいじゃない。気にするな」

目の前で雨音が車に轢かれそうになった。考える前に身を投げ出していた。気がつけば病院のベッドの上で、光を失っていた。

「でも……」

「おまえが元気ならそれでいい」

里中は強い口調で言った。雨音はまた口を閉じた。

8

姉と雨音の滞在が予定の一週間を超えた。里中は日ごとに募っていく苛立ちをなんとか抑えこんでいた。だが、限界は近づいている。身内とはいえ、他人と生活を共にすることは耐えがたい。

里中の苛立ちを察するのか、ジョーヌも心なしか元気がないように思われた。

「もう少しの辛抱だ」

ジョーヌの背中を撫でながら、里中は言う。まるで自分に言い聞かせるように。

「もうすぐいつもの生活に戻れるんだ」

ジョーヌの尻尾が揺れる。散歩に出る支度を済ませて玄関に向かうと雨音が待っている。雨の日以外、雨音は一度も寝坊することなく里中の散歩に付き合っていた。

いつものコースを歩き、帰宅すると雨音とジョーヌは朝食をとる。里中はシャワーを浴び、書斎へこもる。朝食代わりにリンゴジュースを一杯。本当はビールを飲みたいのだが姉がうるさいので我慢していた。

昼まで仕事をし、昼食に明美の作ったサンドイッチを摘《つま》みながらビールを飲む。ビールを飲み干した後は、ウイスキーをちびちび舐《な》めながらクラシック音楽に淫《いん》し、酔えば昼寝する。夕方過ぎに目覚め、またシャワーを浴びる。そうすると夕食の時間がやって来て、なにかを食べながらワインを飲み、食後にはまたウイスキーを啜る。

「ねえ、あんまり飲まないでくれる？　食事の後、ちょっと相談したいことがあるの」

食事の最中、姉が言った。

「相談？　明日帰るのかい？」

「帰るのは明後日《あさって》よ」

里中はうなずき、ワインを口に含んだ。今宵の夕飯は山盛りのサラダとラムチョップのステーキ、バジルとトマトをふんだんに使ったパスタだった。少なくとも、姉がいる間は食事のバリエーションが増える。明美が作るのは八割方が和食だった。

里中の足もとではジョーヌが伏せている。犬にとってもかぐわしい香りが充満しているだろうに、食べ物に興味を示すこともない。仕事をまっとうすべく、徹底的な訓練を受けているのだ。

食事が終わり、しばらくすると里中の肩に姉の手が置かれた。

「あんたの書斎でいい？」

「ここじゃだめなのかい」

「だめなのよ」

「ジョーヌ、書斎に行くぞ」

ハーネスを摑んでジョーヌに声をかけた。ジョーヌに導かれるまま里中は歩く。その後ろから姉がついてくる。

「なんなんだよ、相談って」

書斎に着くと、自分の椅子に座って訊いた。他に椅子はないから姉は突っ立っているはずだ。

「わたし、多分、離婚する」

姉が口を開いた。里中はうなずいた。姉と義兄の間に隙間風が吹きはじめてからかなりの時間が経《た》つ。どちらも、雨音を傷つけまいと己を殺していたのだ。

その雨音も中学生になった。潮時なのだろう。

「それで相談なんだけど、正式に離婚したら、雨音と一緒にこっちに越してこようかと思って」

「ちょ、ちょっと待って。なんだよそれ？」

「雨音もこっちの生活気に入ったみたいだし……」

「ちょっと待ってって言ってるじゃないか」

「あら、怒ってるの？」

「当たり前だ。ここはおれの家だ。勝手に話を進めるなよ」

「あら。確かに、上物はあんたのお金で建てたけど、土地はわたしとあんたのものでしょう」

「それはそうだけど……」

　父が姉弟に遺してくれたのは神奈川のマンションとここの土地に古い家屋だった。マンションは処分して金を折半したが、ここは父が好きだった場所だからと姉弟の共同名義に書き換えた。

「一人が好きなのは知ってるけど、わたしたち親子のため、姉と姪のためと思ってくれない？」

「他人がいると、仕事ができない」

「わたしたちは他人じゃないし、慣れればできるようになるわよ」

　姉はもうその気なのだ。里中がどれだけ抵抗しても、重戦車のようにすべてを薙ぎ倒してこちらに向かってくる。

「明美さんにいつまでもお世話になってるわけにもいかないでしょう。親切で来てくれてるけど、あの人にもあの人の事情があるのよ。あんたは知らないだろうけど」

「事情?」

「わたしたちが来れば、あんたの世話だってちゃんとしてあげられる。目が見えなくなったときに何度も言ったでしょう。一緒に暮らそうって。なんの遠慮もいらないからって。それなのに、あんたと来たら頑固一徹。ほんとに、だれに似たのやら……」

「無理だ。おれには無理だ。ゆるしてくれ、姉さん」

姉から放たれる気配が変わった。

「夫の会社、業績が落ち込む一方なの。雨音の養育費は出すと言ってるけど、慰謝料はあまり期待できないの。そうなると、賃貸マンションを見つけて敷金や礼金も払ってっていうのが難しいのよ」

悪夢が現実になろうとしている。里中は喘《あえ》ぎながら腕を伸ばした。指先がジョーヌに触れた。ジョーヌの体温が悪夢を遠ざけてくれるような気がした。

「わたしたちを助けると思って。保、お願い」

姉に懇願されたら断れない。結局は受け入れ、これからの一生を苛立ちを抑えながら生きていくことを強いられるのだ。

「保、聞いてるの?」

里中は答えなかった。掌をジョーヌの背中に押し当て、毛の柔らかさと伝わってくる体温にすべての意識を集中させた。

「保──」

「明後日までに返事をするから、今夜はもうひとりにしてくれないか」

里中は言った。自分でも驚くほど強い口調だった。

「そ、そう？　じゃあ、よく考えておいて」

「明美さんに、酒の用意をするよう言ってくれ。ウイスキーが飲みたい」

「ウイスキーね。わかったわ」

姉が出て行った。里中はジョーヌを撫で続けた。ジョーヌの尻尾が揺れている。ジョーヌの吐息が聞こえる。ジョーヌは里中を見上げている。明美がやってきて、ウイスキーの水割りのセットを載せたトレイを置いていった。

里中はウイスキーを飲んだ。飲んではジョーヌを撫で、ジョーヌを撫でては飲んだ。

ジョーヌは尻尾を振りながら里中に撫でられ続けた。

「なにか言えよ。ワンでもキャンでもいいから、なにか言ってくれ、ジョーヌ」

ジョーヌは吠《ほ》えない。ただ、尻尾を振り続けている。

9

目覚ましが鳴った。目覚ましを止め、唸《うな》り、また眠る。

雨音が起こしに来た。

「保おじさん、散歩の時間だよ」

頭が痛む。ジョーヌに触れ、ジョーヌに話しかけながら延々と飲み続けた。いつベッドに入ったのかも記憶にない。

「すまん、今日は散歩は中止だ」

雨音がなにかを言ったが、里中は布団の中に顔まで潜り込んだ。眠った。

「先生、ご飯をあげなきゃならないから、ジョーヌちゃんを連れていきますよ」

明美の声がしたが、夢うつつの中で聞いた。

笑い声が響いた。犬の吠える声が轟《とどろ》いた。里中はこめかみを押さえながら身体を起こした。笑い声は女たちのものだった。犬の吠え声は初めて耳にするものだった。どちらも庭から聞こえた。

ジョーヌの気配がない。ならば、明美の声は夢ではなく実際に聞こえていたのだ。

里中は立ち上がった。ステッキをついた。ジョーヌが来る前はステッキがあればそれで充分だったのに、今は心許《こころもと》ない。記憶を探って家具の位置を確かめながら寝室を出、階下に向かった。階段を下りきった時にはすっかり疲弊していた。普段、どれだけジョーヌに頼り切っているのかを実感させられる。

痛む頭をさすりながらリビングを横切り、テラスの窓を開けた。生温《なまぬる》い風が吹き込んできた。

雨音の笑い声が弾けていた。姉の笑い声がそれに続く。

「こっちだよ、ジョーヌ」

雨音が声を張り上げる。それに応じるかのように犬が吠える。太いが嬉しそうな声だ。

「ジョーヌ？」

里中は耳をそばだてた。間違いなく、犬が吠えている。庭を駆け回っている。

「あら、先生、起きていらしたんですか？」後ろで明美の声がした。「お水かお茶を持ってきましょうか？」

「吠えているのはジョーヌかい？」

里中は声を低めた。

「ええ。ジョーヌちゃんが退屈そうだって雨音ちゃんが言い出して、それなら、少し庭で遊ばせてあげようかっていう話になって……」

明美の言葉は言い訳がましい。

「それで？」

「ハーネスを外して庭に出してあげたら、ジョーヌちゃん、人が変わったみたいに駆けだしちゃって。あれ？　人が変わったっていうのはおかしいかしら？」

身体が震え、胸が締めつけられた。ジョーヌの吠える声を初めて聞いた。ジョーヌが躍動する音を初めて聞いた。

ジョーヌは鳴かない、吠えないのだと決めつけていた。遊ぶことより、仕事をこなすことに喜びを感じるのだと決めつけていた。

そうではない。

人のためになるよう、盲導犬として大成するよう、徹底した訓練を受け、自我を殺すことを教え込まれたのだ。

里中がそばにいる時は仕事の時間だ。ハーネスが装着されている時も仕事の時間だ。家にいる時はハーネスを外すこともあるが、ジョーヌは絶えず里中のそばにいた。一日二十四時間、ジョーヌは仕事モードで生活していたのだ。

里中がおらず、ハーネスも外された。その瞬間、ジョーヌは盲導犬から普通の犬に戻ったのだ。

雨音と遊び、吠え、走りまわる。犬としての喜びを満喫している。

「あら、保。起きてきたの？」

姉の声がした。途端に、ジョーヌの声がやんだ。軽快な足音が近づいてきて、止まった。激しい息遣いが聞こえる。

「ジョーヌ、もっと遊んでいていいのよ。今日は散歩はないんだから」

姉が言う。だが、ジョーヌは動かない。里中が来たから、遊びの時間は終わったのだ。仕事に戻らなければならない。

「ジョーヌ……」

里中は足を踏み出した。スリッパの底がウッドデッキに触れた。

「ジョーヌ……」

自分の声が震えていることに気づいた。

「ジョーヌ……」

だれかが里中の左腕を取った。匂いで雨音だとわかった。

「ジョーヌはこっちだよ、保おじさん」

雨音の息も荒い。雨音に腕を引かれ、デッキの端まで辿《たど》り着いた。

「ジョーヌ、保おじさんだよ」

ジョーヌが跳んだ。はっきりと感じた。庭からデッキにジャンプしたのだ。

「ジョーヌ……」

里中は腰を屈《かが》め、左腕を伸ばした。すぐに指先がジョーヌに触れた。ジョーヌの顔。

口の周りが涎《よだれ》で濡れている。走りまわったせいで。犬に戻ったせいだ。

「もっと遊んできていいんだぞ、ジョーヌ」

里中は言った。ジョーヌを庭の方に押した。だが、ジョーヌは動かなかった。荒い息遣いのまま、里中のそばを離れようとしない。

「ジョーヌ、いいんだ。今日は散歩に行かない。仕事は休みだ。休みの時は好きにしてもいいんだ」

里中はデッキに腰を下ろした。ジョーヌを抱きしめた。ジョーヌの尻尾が揺れるのを感じた。

「すまない、ジョーヌ。おれのために……」

ジョーヌの涎でパジャマが濡れた。いくらでも濡れればいい。

「犬はね、遊ぶのも大好きだけど、仕事をするのも大好きなんですって。訓練センターの人が言ってたわ」姉が言った。「だから、犬の本能を抑圧してるって考える必要ないんですって」

「そんなこと、いつ聞いた？」

「一番最初。わたしが思いつきで動いたと思ってるの？　ちゃんと調べて、あなたの性格も慮《おもんぱか》って、それで申し込んだのよ」

里中はジョーヌを撫で続けた。その健気《けなげ》さが愛《いと》おしくてたまらなかった。

「おれの性格も……」

「当たり前じゃない。わたしはあんたの姉なんだから。家族ってそういうもんでしょ」

家族などいらない。煩わしいだけだ。里中はずっとそう思ってきた。友人もいらない。知人もいらない。ひとりで、好きなように生きていきたい。

だが、ジョーヌはすでになくてはならない存在だった。ジョーヌと引き合わせてくれたのは姉だった。

「おれひとりじゃ、おまえを遊ばせてやれないな」

里中はジョーヌに言った。

「雨音がいれば、遊んでもらえるな」

ジョーヌは里中に抱きしめられたまま、まだ尻尾を振っている。

仕事だけではなく、ジョーヌには犬らしい喜びも与えてやりたかった。

「姉さん、昨日の話、ＯＫだよ」

里中は姉に顔を向けた。破顔する姉が脳裏にありありと浮かんだ。

「家族が増えるぞ、ジョーヌ」

両手でジョーヌの顔を挟み、自分の顔を近づけた。柔らかく濡れたものが鼻に触れた。

ジョーヌが舐めたのだと気づくのに、しばらくの時間がかかった。

バセット・ハウンド

Basset Hound

1

母がアンジュを連れてきたのは、ルカの四回目の月命日だった。

大学から帰ってくると、見たことのないバセット・ハウンドがリビングにいた。ルカとはコートの配色が違った。ルカは白と茶色だったが、そのバセットは白と茶に黒が混じっていた。長い耳と胴、短い四肢という体型は同じだったが、ルカよりずっと小さかった。

なにより、顔が変だった。頭頂部がへこみ、口吻《マズル》がねじれて見える。率直に言って、そのバセットは醜かった。

「あら、お帰りなさい」

トイレから母が出てきた。バセットが鼻を鳴らし、母のところへ脚を踏み出した。歩き方もおかしかった。左の後ろ脚が悪いのか、身体をくねらせるようにして歩くのだ。

「なに、この子？」

「アンジュよ。フランス語で天使っていう意味なんですって」

母はフローリングに腰を下ろし、寄ってきたバセットを抱き上げて愛《いと》おしそうに撫《な》ではじめた。

「名前を訊《き》いてるわけじゃないわ」

亜紀《あき》は両手を腰に当て、母とバセットを見おろした。

「うちの新しい家族よ」

母が言った。

「わたし、なんにも聞いてない。だいたい、ルカが逝ってまだ四ヶ月しか経《た》ってないのに……」

「神さんのところに連れてこられた子なの」

神というのは犬のレスキュー団体を主宰している男だった。ルカも前の飼い主が身勝手な理由で里子に出し、神の団体にレスキューされた子だった。

「ちょっと見てみるだけのつもりだったんだけど、この子と触れあっているうちに、どうしても連れて帰りたくなったのよ」

「わたしは嫌よ」

亜紀は唇を噛《か》んだ。こんな不細工なみっともない子。ルカとは全然違う。喉まで出かかった言葉を無理矢理呑《の》みこんだからだ。

「母犬に噛まれたんですって」

母がぽつりと言った。バセットは母の膝の上でうっとりしている。

「生まれてすぐに、母犬に噛まれて、長く保《も》たないって獣医さんにも見放されたのに頑張った子なの。脳に損傷があるらしくて、身体も小さいし、他の子とはちょっと違うけど、笑顔が本当に素敵なの」

なるほど。だからこそあの顔で、あの歩き方なのだ。だからこそ、神の団体に引き取られたのだ。普通の人間なら、このバセットを飼おうとは思わない。

「わたしは知らないからね」亜紀は言った。「わたしの犬はルカだけだから。その子の面倒は母さんだけで見てよ」

乱暴に回れ右をし、乱暴に歩いて自分の部屋に向かった。乱暴にドアを開け、乱暴に閉めた。

心がささくれ立っている。

まだルカを失った悲しみから立ち直ってはいないのだ。夜な夜な、ルカを思っては喪失感に胸を引き裂かれそうになってしまう。

「それなのに……」

亜紀は独りごち、ベッドに身を投げ出した。目を閉じると、すぐにルカの顔が脳裏に浮かんだ。

ルカは三歳の時に亜紀の家にやって来た。引っ越し先がペット飼育禁止のマンションになってしまったからと、前の飼い主が神のレスキュー団体を通じて里親を捜していたのだ。

＊＊＊

ちょうどその一年前に亜紀の親権を巡る裁判もようやく結審して、両親は離婚していた。母は肩の荷がおりた思いだったのだろう。突如、犬を飼いたいと言い出し、どこかで小耳に挟んできた里親募集という言葉に飛びついたのだ。

ルカは新しい環境になかなかなじまなかった。いつも部屋の隅にいて、母や亜紀の一挙手一投足を疑り深い目で眺めていた。バセット・ハウンド特有の容姿と相まって、その姿はお伽噺《とぎばなし》に出てくる生き物のようだった。

新しい家族の登場に、母はもちろん、当時はまだ中学生だった亜紀も沸き立ち、なにくれとなく世話を焼いた。いつしかルカも心を開くようになり、早朝と夕方、散歩のために亜紀がリードを手にするだけで長い耳を揺らし、短い脚を素早く動かしながら駆けてくるようになった。

必死で駆けてくるその姿はなんとも愛らしく、亜紀はルカを抱きしめては柔らかく温かい身体に頰ずりした。

ルカはハンサムだった。バセット・ハウンドを飼っている人たちはルカを見ると一様に「イケメンねえ」と口を揃《そろ》えた。白と茶の模様のバランスがよく、なによりも目が美しい犬だった。円《つぶ》らで、思慮深げなのだ。

ルカは亜紀の自慢の犬だった。ルカもまた、亜紀に愛されていることを自覚していた。

亜紀とルカは似合いのカップルだった。

高校へ進学しても、受験勉強に追われる最中も、大学に入ってからも、早朝のルカの散歩は亜紀の担当で、風邪でも引かないかぎり、亜紀はその役目を全うした。

イケメンのルカが短い脚でひょこひょこ歩き、歩くたびにお腹《なか》の皮がぷるんぷるんと揺れる。その愛おしい姿を毎日拝めるのだ。なにも苦ではなかった。

しかし、八歳の誕生日を目前に控えたある日、ルカは突然歩けなくなった。ヘルニアだと診断された。バセットやダックスフントのように胴の長い犬にとってはよくある病気だ。

必死の治療にもかかわらず、ヘルニアは完治せず、ルカは寝たきりでいることが多くなった。使われることのなくなった筋肉が急速に痩せていく。筋肉が痩せれば痩せるほど、ルカは衰えていく。

四ヶ月前の朝、ルカに呼ばれたような気がして目覚めた。リビングで寝ているルカの元へ行くと、ルカが目を開けた。亜紀を見た。思慮深げな目がなにかを訴えていた。どうしたの、ルカ？　そう声をかけようとした瞬間、ルカが目を閉じた。大きく息を吸い込み、吐き出し、動かなくなった。

泣き叫びながらルカの身体を揺すり、心臓マッサージを施した。母がやって来て亜紀を止めた。

ルカは逝ってしまった。亜紀を呼び、別れを告げて旅立ってしまった。

亜紀は泣いた。母も泣いていた。親子でいつまでもいつまでも泣き続けた。

亜紀は今でも泣く。朝目覚めると、無意識のうちにルカの姿を捜してしまう。ルカはもういないのだと思い当たると、心が張り裂けそうな悲しみに襲われ、涙が溢《あふ》れてくる。

それなのに、新しい犬？　しかも、ルカとは似ても似つかない醜い子。その生い立ちには同情するけれど、ルカのように愛せるとはとても思えない。

「ルカ、寂しいよ。会いたいよ」

亜紀は枕に顔を埋《うず》め、また、ひとしきり泣いた。

2

ルカと違ってアンジュはすぐに新しい環境になじんだ。

家事に動き回る母の後を、よたよたとどこまでもついて歩き、母に撫でられると勢いよく尻尾を振る。母犬に嚙まれたせいでいびつになった顔には、終始笑みが浮かんでいた。

母に連れられてこの家にやって来た時はさすがに緊張していたのだろう。強張《こわば》った顔つきが醜さを助長していた。だが、アンジュのあけっぴろげな笑みは醜さをどこかに追いやってしまう。

「この子は名前のとおりね」

甘えてくるアンジュを撫でながら、母が言う。

「名前のとおり？」

「そう。アンジュ。天使よ。ルカはちょっと悪魔っぽいところもあったけど、この子、本当に天使みたい」

亜紀は苦笑した。亜紀にとってはルカこそ天使だった。どんな時でも亜紀のそばにいて、亜紀を守り、無償の愛を与えてくれる。ルカ以外の天使など考えられない。

「香川《かがわ》さん、知ってるでしょう？」

母の言葉に亜紀はうなずいた。母は一級建築士のオフィスで事務の仕事をしている。オフィスは開放的でアットホームで、母がアンジュを伴って出勤しても咎《とが》められることはない。

香川というのは、そのオフィスで営業職に就いている五十代の男性だ。

「こないだの健康診断で肺に影が見つかってね。今度精密検査受けることになってるんだけど、毎日毎日溜息《ためいき》ばっかりついて、そばにいるだけでこっちも暗くなるのよ」

「へえ」

「で、アンジュをオフィスに連れていくでしょ？　香川さんが営業から戻ってくると、アンジュ、必ず香川さんのところに行くの。香川さんの足もとで尻尾振って、にこにこして。あれはきっと、だいじょうぶだよ、心配ないよって励ましてるのよ」

「そうかしら」

亜紀はアンジュに目をやった。アンジュは母の膝の上で眠っている。笑みが消えたその顔は、やはり醜かった。

「香川さんも、今日辺りからアンジュが近寄ってくると笑うようになってね。職場の雰囲気がだいぶよくなったのよ」

「よかったじゃない」

亜紀はわざと気のない返事をした。だが、母は気にとめる様子もなかった。

「アンジュは人の気持ちがわかるのよ。優しい子。本当に優しい子」

アンジュの寝顔は優しいという言葉が連想させるどんな様子にも当てはまらない。ねじれたマズルのせいで、口がいつも半開きになっている。犬歯が覗《のぞ》き、舌が覗き、涎《よだれ》が垂れてくる。左目は半開きで閉じられることがなく、その奥で眼球が激しく動いているのを見ると、天使どころか悪魔や妖怪を連想させられるのだ。

ルカが飛び抜けたハンサムだっただけに、アンジュの顔は哀れでさえあった。

「ルカだって、わたしの気持ち、すぐに察してくれたわ」

「あら。亜紀だけじゃないわよ。ルカは、わたしの気持ちだってわかってくれたわ」

母は亜紀に向けていた視線をアンジュに落とした。ねじれたマズルをそっと撫でた。アンジュが目を覚ます。尻尾が激しく揺れ、顔に笑みが浮かぶ。

「ルカはわたしと亜紀のことしか眼中になかったけど、アンジュは違うのよね。周りにいる人間、みんなのことを幸せにしたいのよね？」

「好き勝手言ってればいいわ」

亜紀は腰を上げ、自室に向かった。母がルカを否定したような気分だ。腹立たしい。やるせない。まだ四ヶ月しか経っていないというのに、母の気持ちはルカからアンジュにすっかり移っている。

「裏切り者」

吐き捨てるように言って、亜紀は部屋のドアを閉めた。

＊＊＊

また夢を見た。

夢だとわかっているのに、胸が痛む。悲しみに押し潰されそうになる。

夢の中で再現されるのはいつも、あの日の朝だ。ルカの呼ぶ声に目が覚める。亜紀はリビングに行く。まだだめ――ルカに声をかける。まだ逝かないで、お願い。わたしを置いて逝かないで。

ルカが逝ってしまうことがわかっている。ルカを逝かせまいと必死に声をかける。身体に触れる。

それなのに、ルカは逝ってしまう。亜紀の懇願を振り切って旅立ってしまう。

こんな夢、見たくない。もういらない。

夢の中でそう思い、神様に祈る。

なのに、夜ごと同じ夢が現れる。毎朝、絶望的な悲しみの中で目が覚める。

枕元に置いたスマホを手に取る。まだ七時前だった。普段はこんなに早く目覚めることはない。

目が腫《は》れぼったい。顔が濡《ぬ》れている。

亜紀は身体を起こし、溜息をついた。この夢はいつまで続くのだろう。ドアの外でなにかの気配がした。亜紀は慌てて涙の痕を拭いた。ベッドを降り、ドアに近づいて耳をそばだてる。

なにかが揺れるような音がしていた。アンジュの尻尾だ。それ以外考えられない。

「アンジュ？」

ドアを開けた。アンジュが座っていた。満面の笑みで亜紀を見上げ、尻尾を振っている。

「どうしたの？」

アンジュが部屋の中に入ってきた。亜紀の脚に自分の身体を押しつけてくる。

「なんなのよ、もう」

アンジュは人の気持ちがわかるのよ――母の言葉がよみがえった。ルカとの別れの夢を見て悲しむ亜紀の心を感じ取ったのだろうか？　亜紀を慰めに来たのだろうか？

「そんなはずない」亜紀は自分に言い聞かせるように言った。「だって、わたし、ほぼ毎日同じ夢を見るのよ。なのに、アンジュ、わたしのところに来たの、今日が初めてじゃない」

亜紀は手で自分の口を押さえた。普段は九時過ぎに起きる。母とアンジュが出勤した後だ。

「本当に？」

亜紀は腰を落とした。アンジュを抱き上げる。ルカに比べれば、アンジュは軽かった。母犬に噛まれた後遺症で、身体が充分に発達しなかったのだ。

「本当にわたしを慰めに来たの？」

アンジュの顔を覗きこむ。アンジュは笑っていた。いつも笑っているのだ。起きている間は常に笑っている。

「ていうか、笑ってるように見えるだけよね」

わざと冷たい言葉をかけてもアンジュは笑っている。笑い続けている。

「アンジュ、ご飯の用意ができたわよ」

キッチンの方で母の声が響いた。亜紀はアンジュをそっと床におろした。アンジュが駆けだす。短い脚をばたばたさせて、お腹の肉と皮をたぷたぷさせて、長い耳を蝶《ちょう》のようにひらひらさせて。

後ろ脚がうまく動かないのか、その走り方はウナギやドジョウを思わせた。

アンジュが突然、立ち止まった。振り返る。相変わらずアンジュは笑っている。

「アンジュ、なにしてるの？　ご飯よ」

またアンジュが駆けだした。今度は立ち止まらなかった。

3

その夜、亜紀はスマホのアラームを午前六時に設定して寝た。久しぶりに夢は見なかった。アンジュが部屋の前にいることもなかった。

その次の朝は夢を見て泣きながら目覚めた。アンジュが部屋の前にいた。

「本当にわかってるの、アンジュ？」

言葉をかけても、アンジュはただ笑っているだけだ。

亜紀は部屋を出て、アンジュと一緒にリビングへ移動した。母が自分と亜紀のお弁当、それにアンジュの食事を作っている。

ルカの時もそうだった。母はドッグフードではなく手作りの食事を毎回作り、与えるのだ。

「ドッグフードなんてインスタントラーメンみたいじゃない。たまにならいいけど、亜紀も毎日インスタントラーメンじゃ嫌でしょ」

そう言いながら、嫌な顔ひとつせず、ルカの食事を作っていた。

「あら、どういう風の吹き回し？　こんな時間に起きてくるなんて」

「出勤するまでまだ時間あるでしょ？　アンジュと散歩に行ってくる」

「ほんとにどういう風の吹き回しよ？」

「たまにはいいじゃない」

「八時前には出るし、その前にアンジュにご飯あげなくちゃならないから、あんまりゆっくりしすぎないで」

「はーい」

亜紀はバスルームで顔を洗い、日焼け止めを塗った。玄関に行き、リードを手に取る。

「アンジュ、お散歩に行こう」

どたどたとやかましい音がして、やがて、アンジュが廊下に出てきた。笑っている。

本当に幸せそうに笑っている。

首輪にリードを付け、外に出た。マンションの敷地内を歩く間、アンジュは用を足そうとする素振りも見せなかった。排泄はすべて家の中で済ませるよう、レスキューの施設にいたときに躾《しつ》けられているのだ。

エレベーターに乗った。三階でエレベーターが停まり、中西《なかにし》さんが乗ってきた。気難しいと評判の中年男性だ。ルカが一緒の時に乗り合わせると、必ず顔をしかめ、わざとらしい咳払《せきばら》いをするのが常だった。

亜紀は運の悪さを呪いながら無理矢理笑みを浮かべた。

「おはようございます」

「おはよう、アンジュ。今日もにこにこだな」

中西さんは亜紀にではなくアンジュに笑顔を向けた。亜紀は思わず口に手を当てた。

「時々、一緒になるんだよ。なあ、アンジュ」

中西さんの顔にはついぞ見たことのない微笑《ほほえ》みが浮かんでいる。

「最初にアンジュの顔を見た時はどん引きしたけどなあ。今は友達だ。そうだろう、アンジュ？」

アンジュは中西さんを見上げて笑っている。尻尾を振っている。

「おまえはいつも幸せそうだなあ」

エレベーターが一階についた。ドアが開くと、中西さんは名残惜しそうにアンジュを一瞥《いちべつ》した。

「アンジュ、またな」

中西さんがエレベーターを降り、足早にマンションから出て行った。

「どんな魔法を使ったの、アンジュ？」

亜紀は尋ねた。アンジュは笑い、尻尾を振るだけだった。

マンションを出て、近くの公園へ向かった。この辺りでは比較的大きな公園で、小さいながらもドッグランが併設されている。

公園へ向かう途中、近隣の人々がアンジュに声をかけ、笑顔を向けてきた。亜紀の知らない人たちばかりだった。母と通勤するアンジュをいつも見守っているらしい。

アンジュはひょこひょこ歩きながら、そんな人々に笑顔を振りまいている。アンジュの顔から笑みが絶えることはない。醜い顔で、不具合のある身体でひょこひょこ歩きながら始終微笑んでいる。その微笑みが犬としての不具合を人々から忘れさせるのだろう。アンジュの幸せそうな笑顔しか目に入らなくなるのだ。

公園に到着するまでの、ほんの十分ほどの散歩で亜紀にもよくわかった。

アンジュは全身で叫んでいるのだ。

ぼく、幸せだよ。群れの仲間と散歩に行けて幸せなんだ。ご飯食べるのも幸せだし、人間に撫でてもらうのも幸せなんだ。いい子ねって褒められるのも幸せなんだよ。身体が思うように動かなくたって全然へいっちゃら。だって、生きてるってことはとにかく幸せなんだから。

アンジュはポジティブなエネルギーの塊だった。

「そっか。おまえはそういう子か」

公園につくと、亜紀はアンジュを抱き上げた。

「だから、中西さんみたいな人でもおまえがそばにいるとにこにこしちゃうんだね」

犬を散歩させている人間があちこちにいた。アンジュは目で他の犬たちの姿を追っている。息が荒い。興奮しているというよりは喜んでいるようだった。

「他の子と遊んでみたい？」

アンジュが亜紀を見た。笑っている。訊くまでもなかった。

「じゃあ、ドッグランに入ってみようか」

抱いていたアンジュを地面におろし、ドッグランに足を向けた。ルカが若かった頃はよく通っていたランだ。ルカが年を取り、気難しくなっていくにつれて足が遠のき、ルカがヘルニアを患ってからはまったく行かなくなった。あの頃とはドッグランの顔ぶれもずいぶんと変わっているはずだ。

ドッグランには八組の人間と犬たちがいた。ほとんどが小型犬で、中型犬のミックスが二頭いた。小型犬はトイ・プードルが三頭、ミニチュア・ダックスが二頭、チワワが一頭だ。知った顔はひとつもなかった。

「おはようございます」

声をかけて中に入る。犬の飼い主たちが一斉に笑みを浮かべ、挨拶を返してきた。だが、その視線が亜紀からアンジュに移ると、みなの表情が引き攣《つ》った。

アンジュの姿に本能的な嫌悪を覚えるのだ。自分もそうだったから、亜紀には飼い主たちの反応が理解できた。

だが、犬たちは違う。彼らは見た目に騙《だま》されたりはしないのだ。吠《ほ》えるもの、無言で駆けてくるもの——アンジュは一斉に取り囲まれ、匂いを嗅がれた。アンジュは笑いながらじっとしている。

攻撃的な犬はいないようだ。アンジュの匂いを嗅ぐ犬たちを見守りながら、亜紀は胸を撫でおろした。もし問題が起これば、人間が割って入らなければならない。ルカがこのドッグランで他の犬と喧嘩《けんか》をした時は、相手の犬の牙が亜紀の腕の皮膚を切り裂いたことがある。ドッグランから足が遠のいた直接のきっかけだった。

犬たちは一通りアンジュの匂いを嗅ぎ終えると、今度は自分たちの匂いをアンジュに嗅がせはじめた。アンジュは一頭一頭、丁寧に匂いを嗅いでいく。匂いを嗅がせ終えた犬は、思い思いに散っていく。アンジュのそばから動かなかったのは、一頭のミックスと、チョコレート色のトイ・プードルだった。

遊ぼうぜ、新入り——アンジュを誘っている。

まず、トイ・プードルがドッグランの奥に向かって駆けだした。それにミックスが続く。ミックスは何度も後ろを振り返った。

アンジュが誘いに乗った。短い四肢をばたつかせて、思うように動かない後ろ脚を精一杯動かして、トイ・プードルとミックスの後を追う。ミックスはすぐにアンジュの足が遅いことを察したようだった。走る速度を落としてアンジュを待っていてくれる。アンジュが追いつくとまたスピードを上げ、アンジュとの距離が開くとスピードを落とす。トイ・プードルが吠えていた。おまえら、遅いよ——焦れた感じの吠え声だ。トイ・

プードルはすぐに痺《しび》れを切らし、ミックスとアンジュめがけて駆けてきた。ミックスにはけもくれず、アンジュに向かって突進し、ぶつかる寸前で飛び退る。アンジュがそれに反応して身体をくねらせた。

トイ・プードルの跳躍に比べて、それはあまりに不格好だった。だが、アンジュは笑っていた。全身で喜びを表現していた。

トイ・プードルが身を翻して走る。追いかけてこいとアンジュを誘っている。アンジュは短く不自由な脚をばたつかせる。二頭の間にミックスが割って入る。

こっちだよ、こっち。

ミックスも笑っている。

トイ・プードルが邪魔するなと言わんばかりにミックスに飛びかかった。ミックスはしなやかな動きでそれをかわした。目標を見失ってまごつくトイ・プードルに、アンジュが突っ込んでいく。トイ・プードルが芝生を蹴ってジャンプする。

三頭は調和していた。アンジュがどれだけ不格好に走り、跳んだとしても、その調和が乱れることはなかった。動物が遊ぶことに集中し、熱中している。ただそれだけのことがこの上もなく美しかった。

「ムク、帰るわよ」

だが、突然の声がその調和と美しさを突き破った。リードを手にした中年女性が三頭に近寄っていく。ミックスが動きを止めた。名残惜しそうな視線をトイ・プードルとアンジュに向け、飼い主のところへ向かっていく。

「ルーニー、わたしたちも帰るわよ」

声の主はトイ・プードルの飼い主だ。いつの間にか、他の飼い主と犬たちはドッグランからいなくなっていた。

「お先に」

トイ・プードルとミックスの飼い主は逃げるようにドッグランから出て行った。

「ありがとうございました」

亜紀は苦々しい思いを押し殺して挨拶を返した。あれだけ賑《にぎ》やかだったドッグランが、たった数分で静まりかえってしまった。アンジュの顔や動き方に本能的な忌避感を覚えた飼い主たちが自分の犬とアンジュが遊ぶことを嫌って帰ってしまったのだ。

「アンジュ、おいで」

ひとり取り残され、ドッグランの中央でぽつねんとしているアンジュに声をかけた。次の瞬間、アンジュは満面の笑みを浮かべて駆けてきた。

亜紀はアンジュを受け止め、抱き上げた。ざらついた気分が吹き飛んでいた。

そうだ。人間の考えることなどどうでもいい。少なくとも犬たちはそんなものには惑わされたりはしない。

「わたしと遊ぼうか、アンジュ？」

もちろん、アンジュは笑っている。アンジュを地面におろし、亜紀は走り出した。

「アンジュ、こっちにおいで」

アンジュが追いかけてくる。相手が犬であれ人間であれ、遊ぶのは楽しい。本当に楽しい。躍動する身体がそう語っている。

ふいに涙がこみ上げてきた。ドッグランには連れて行けないルカと、公園の隅っこでこうやって遊んだことを思い出したのだ。

亜紀が走り、ルカが追いかけてくる。ルカは心底楽しそうだった。

立ち止まると、アンジュが足もとに寄ってきて亜紀を見上げた。顔に浮かんでいるのは、さっきまでとは趣の違う優しい笑みだ。

ルカは幸せだったんだよ。だから、亜紀は悲しがらなくてもいいんだよ。

そう言われているような気がした。

「亜紀ちゃんじゃない？」

ドッグランの外から声をかけられた。

「ルカ君のお姉ちゃんの亜紀ちゃんでしょう？」

バセット・ハウンドのノヴァの飼い主、佐々木《ささき》さんだった。だが、彼女が手にしたリードの先にいるのはノヴァではなく、焦げ茶色のミニチュア・ダックスだった。

ノヴァはルカより二歳年上だった。

「こんにちは。お久しぶりです」亜紀はドッグランの柵に近づいた。「ノヴァちゃんは？」

「ルカ君は？」

ほとんど同時に声を発し、顔を見合わせた。お互い、悲しい報告になるはずが、思わず笑ってしまう。

「そっか。ルカ君はまだ若かったのに残念だったわね。ノヴァは十歳を過ぎたから、しょうがないかなとは思うんだけど……」

ノヴァとルカの最期の様子を語り合った後で、佐々木さんがぽつりと言った。

「ノヴァがいなくて寂しくて寂しくて、でも、バセットはもう飼えないと思ってね。どうしてもノヴァを思い出しちゃうから。で、この子を迎えたの。アンナっていうのよ。ダックスにしては太り気味で、ちょっとバセットっぽいでしょう？　あなたのところはまたバセットを飼ったのね」

「母が勝手に連れてきたんですよ。レスキュー団体に保護されてた子なんですけど。アンジュっていいます」

「顔、どうしたの？」

「まだ小さい時に、母犬に噛まれたらしいんですけど……」

「可哀想《かわいそう》に……って人間は思っちゃうけど、本人はとっても幸せそうね。だけど、嫌がる人も多そう」

佐々木さんはだれもいなくなったドッグランを見渡した。

「ついさっきまでは大勢いたんですけど、わたしたちが入ると、みんなそそくさと帰っちゃって」

「悔しいわね？」

佐々木さんの言葉に、亜紀は苦笑した。

「ええ。でも、アンジュは全然気にしてないみたいだから、わたしも気にしないことにしました」

「そうだ。安藤《あんどう》さんや村越《むらこし》さん、覚えてる？」

亜紀はうなずいた。どちらもバセットの飼い主で、ルカがまだ若い頃はよく一緒に遊んだものだった。

「あのふたり、今、多頭飼いなのよ。先代のバセットはもう亡くなっちゃったんだけど、その後、どっちの家もバセットを二頭飼ってて。で、月に一度ぐらい、この近辺のバセット飼いを集めてバセットパーティやってるの。今度参加してみたら？」

「このドッグランでですか？」

「そう。平日の昼間。十頭ぐらい集まるらしいわよ。バセット飼いなら、アンジュ君にも優しいんじゃないかな。バセットってもともとぶさ可愛《かわい》い犬種だし」

安藤さんも村越さんも気のいい人たちだった。佐々木さんの言うとおり、あの人たちが主催する集まりなら、嫌な思いをすることも少ないかもしれない。できれば、アンジュには他の犬たちと遊ぶ喜びをもっと味わってほしかった。

「母が安藤さんの連絡先を知ってるはずです。今度、訊いてみます」

「アンジュ君の笑顔って、本当に素敵ね」

佐々木さんは感心したような顔でアンジュを見つめていた。

4

「やばっ」

公園を出たところで、とうに母の出勤時間を過ぎていることに気づいた。佐々木さんと長話をしすぎたのだ。

慌てて帰宅したが母の姿はなく、ダイニングテーブルの上に殴り書きのメモが残されていた。

『時間切れなので出かけます。アンジュのことよろしく。面倒は見ないって言ってたくせに』

「はいはい。わたしが悪うございました。いいよ。今日は学校サボろう」

玄関でおとなしく待っていたアンジュの足を拭き、一緒にリビングへ移動する。アンジュは水を飲み、カーペットの上で横になった。短い時間だったとはいえ、初めて他の犬たちと遊んだのだ。心身ともに疲れているに違いない。

亜紀も欠伸《あくび》を嚙み殺した。いつもより早起きしたせいか、空腹よりも眠気が強かった。

「アンジュ、一緒に寝ようか？」

アンジュは眠たげだったが、亜紀の声に笑顔でこたえた。

「おいで」

アンジュが身体を起こし、駆けてくる。亜紀が自室のベッドに上がると床の上に腰を下ろし、亜紀を見上げた。

「おいで」

亜紀は布団を叩《たた》いた。だが、アンジュは動かない。

「そっか。ここに飛び乗るのは無理か」

ルカなら軽々とベッドの上に飛び乗ってきた。だが、アンジュはアンジュだ。ルカと同じことを望むことはできない。

アンジュを抱き上げ、ベッドに乗せた。普段も母のベッドで眠っているせいか、アンジュはさも当然というように亜紀の枕に頭を乗せて伏せた。

「枕が好きなんだ。ルカも好きだったんだよ」

亜紀も自分の頭を枕に乗せた。アンジュの身体に手を置く。アンジュはもう寝入りそうになっていた。

「おやすみ、アンジュ。いい夢を」

亜紀も目を閉じた。眠りはすぐにやって来た。

どれぐらい眠っていたのだろうか。激しい振動を感じて目が覚めた。

アンジュの様子がおかしかった。背筋が太い針金を飲んだかのように真《ま》っ直《す》ぐ伸び、四肢をばたつかせている。口からは涎が絶え間なく流れ落ち、失禁したのか布団も一部がぐっしょりと濡れていた。

「アンジュ？　どうしたの、アンジュ？」

いつも笑みが浮かんでいるアンジュの顔が引き攣っていた。

「痙攣？　てんかん？」

亜紀はスマホを手に取り、母に電話をかけた。

「どうしたの？」

電話はすぐに繋《つな》がった。

「アンジュの様子がおかしいの。痙攣してる。てんかんの発作？　病院は？」

「しばらくすれば治まるわ」

母の声は冷静だった。

「よく発作起こすの？」

「引き取ると決めた時に説明されたの。脳に障害があって、多分、それが原因のてんかん発作だって」

「わたし、初耳だよ」

「だって、あなた、アンジュに興味なかったじゃないの」

亜紀は言葉に詰まった。

「家に来てから、まだ一回しか発作起こしてなかったんだけど……」

「薬は？」

「発作の頻度が低いから、薬は必要ないんじゃないかって神さんが言うの。抗てんかん薬って、発作を抑えるだけで、根本治療にはならないのよね。副作用もあるし」

母と話しているうちに、アンジュの発作が治まってきた。

「涎が出て失禁してる？　メモに書いておくの忘れてたわ。もしベッドで一緒に寝るなら、おむつしておいた方が安心だって」

「いつもおむつして寝てるの？」

「そうよ。トイレの棚にしまってあるの」

なにも知らなかった。頑《かたく》なにアンジュを拒絶していたからだ。

「発作治まったなら、もう安心よ。落ち着くまで優しく声をかけてあげて。もし、続けて発作起こすようなら、その時は病院。連れていける？」

もよりの動物病院までは歩いて十分ほどだ。ルカなら厳しかったが、アンジュならなんとか抱いて連れていける。

「うん。だいじょうぶ」

「じゃあ、よろしくね」

亜紀はスマホを脇に置き、アンジュの背中を撫でた。

「だいじょうぶだよ、アンジュ。わたしがそばにいるから。ずっと一緒にいるから」

尻尾がかすかに揺れた。アンジュの表情が少しずつ変わっていく。

笑おうとしているのだ。

そう思った瞬間、愛おしさに胸が押し潰されそうになった。

醜く変形した顔も、小さな身体も、思うように動かない下肢も、そして痙攣の発作でさえ、アンジュにはどうでもいいことなのだ。可哀想だの憐れだの、そんなことを思うのは人間だけだ。

アンジュは懸命に生きようとしているだけだ。生きて、愛する家族に囲まれて、それだけで笑うことのできる存在なのだ。

アンジュの純粋さに比べたら、人間はなんと薄汚れてちっぽけな存在なのだろう。そう思わずにいられない。

まだ動けずにいるアンジュの胴に頬を押し当てた。尿の匂いが鼻をつくが気にはならなかった。

「アンジュ、だいじょうぶだからね。母さんとわたしがいるから。アンジュはなんにも気にしないで、いつもにこにこしてていいんだからね」

アンジュが笑った。亜紀はアンジュの頭をそっと撫でた。

5

毎朝、毎夕、アンジュと散歩に出かけた。

朝の散歩から戻ると、母とバトンタッチ。母はアンジュを連れて出勤する。亜紀も身支度を整え、大学へ向かう。講義が終わると寄り道もせずに帰途に就き、母の勤め先に立ち寄ってアンジュを連れ帰る。

大学の友人たちからは付き合いが悪くなったと詰《なじ》られるが、彼女たちとの交遊より、アンジュと一緒にいることの方がよほど大切だった。

アンジュには障害がある。しかも、脳に。アンジュがどれだけ生きられるかはだれにもわからないのだ。アンジュとの一瞬一瞬を大切にしたかった。

散歩のコースはその時の気分で変えた。新しい道を歩くたびに、アンジュのファンが増えていく。

商店街の肉屋のおじさんは、豚肉や牛肉の切り落としを一切れ、アンジュのために用意して待っていてくれる。花屋の店員さんは必ず仕事の手を止めてアンジュを抱いてくれる。犬用のおやつを常にくれるおばさんがいる——このおばさんは、はじめはコンビニで売っているようなおやつを買ってきたのだが、亜紀が、そういうおやつには添加物が多くてあまり食べさせたくないのだと言うと、銀座に買い物に行ったついでに無添加のものを売っている店でわざわざおやつを買ってきた。

アンジュの笑みに魅了された人たちは必ず足を止め、アンジュに声をかける。あるいはアンジュを撫でる。そのたびに、アンジュの笑みが大きく広がっていく。それを見た人々の顔にも笑みが浮かぶ。

アンジュは微笑みを振りまく天使だった。ひょこひょこ不格好に歩くその姿さえ、アンジュの魔法にかかった人間には愛らしく見えるのだ。

「本当によく笑う子よね」

家の花壇に水を撒《ま》いていた長谷川《はせがわ》さんがアンジュを見つけ、道路まで出てきた。七十代半ばほどの女性で、数年前、家族同様に暮らしていた愛犬を亡くしたと聞かされている。ひとり暮らしでもう年も年なので新しい犬を飼うつもりはない。その代わり、アンジュを可愛がることに決めたのだそうだ。長谷川さんの家は、亜紀たちのマンションから歩いて五分ほどのところにある。どの散歩コースを選ぶにしても、長谷川さんの家の前を通る確率は高かった。

「亜紀ちゃん、セラピードッグって知ってる？」

亜紀はうなずいた。老人ホームや障害者施設などへ行って、そこで暮らす人たちに動物と触れあう喜びを与える犬たちのことだった。

「アンジュなんか、セラピードッグにぴったりなんじゃないかしらねえ」

長谷川さんの言葉に亜紀はうなずいた。アンジュの笑顔は人に伝染する。セラピードッグにはぴったりではないか。

「どんなに辛い病気や障害を背負ってる人間でも、この子がそばに来たら、きっと笑うと思うのよ」

「そうですねえ」

亜紀はもう一度うなずき、長谷川さんに甘えるアンジュを見つめた。

＊＊＊

「セラピードッグ？」

母は肉じゃがを頬張りながら眉を吊《つ》り上げた。今夜の晩餐《ばんさん》は亜紀が作ったのだ。肉じゃがは亜紀の三つしかないレパートリーの内のひとつだ。残りのふたつはカレーにシチュー。肉とタマネギとジャガイモと人参を煮込んで、あとはカレールゥかシチュールゥ、もしくは醬油《しょうゆ》と味醂《みりん》と砂糖で味付けするだけじゃない——母はいつもそう言って小馬鹿にする。

「うん。犬ってさ、仕事をさせると喜ぶって話、聞いたことあるの。アンジュにセラピードッグやらせるの、どうかなと思って」

「そうね。アンジュならぴったりかも。だけど、大人ならまだしも、子供だと、怯《おび》えたりしないかしら」

「だいじょうぶよ。アンジュはいつも笑ってるんだから」

「そりゃそうだけど……」

「やっぱり、こういうことって神さんに相談してみた方がいいのかな?」

「やる気満々ね。ついこないだまでは、ルカ以外の犬になんか興味ないって態度だったのに」

母が笑った。

「わたしが間違ってました」

亜紀は素直に頭を下げた。ルカはルカ、アンジュはアンジュ。どちらもかけがえのない亜紀の家族だ。今ならそれがよくわかる。

最愛の犬を失い、うちのめされ、それっきり犬を飼わなくなる人がいる。また新たな犬を迎えて、以前の犬と変わらぬ愛を注ぐ人がいる。

亜紀は前者で、母は後者だった。母とアンジュのおかげでルカを失った悲しみから抜け出すことができた。

犬は飼い続けるべきなのだ——今ではそう思う。最初の犬から次の犬、さらにその次の犬。代が替わっていく内に人間も成長する。人間が成長すれば、犬はもっと幸せに暮らしていけるようになる。

ルカに教わったことはいっぱいあった。その教えをアンジュとの生活に役立てている。アンジュから教わることもたくさんあるだろう。そうやって培った知識と経験は、アンジュの後に来るだろう犬との暮らしに役立てることができるのだ。

「神さんに連絡してみればいいじゃないの」

母はそう言って味噌汁《みそしる》を啜《すす》った。

「わたし、連絡先知らないの」

「後で、携帯の番号とメアド教えてあげるから、ご飯、ゆっくり食べさせて」

「了解。アンジュ、あっちに行こう」

亜紀は食卓を離れ、テレビの前に移動した。

「最近、友達とは仲良くやってるの？　毎日早く帰ってきてくれるのは助かるけど、社交も大切よ」

「社交よりアンジュ」

ソファに腰を下ろすと、アンジュが前脚を上げた。抱き上げてほしいのだ。

「自分で飛び乗ってごらん、アンジュ」

亜紀は自分の太股《ふともも》を叩いた。アンジュがジャンプした。だが、ソファに飛び乗ることはできない。前脚だけをソファの縁に引っかけて、下肢をばたつかせる。

「運動音痴なのはしょうがないね」

亜紀はアンジュを抱き上げ、自分の太股に乗せた。アンジュは亜紀の手をぺろりと舐《な》め、一度伸びをしてから身体を丸めた。すぐに寝息を立てはじめた。

「散歩が長すぎるんじゃないの？　最近のアンジュ、すぐに寝ちゃうから、母さん、つまんない」

亜紀がアンジュの面倒を見るようになってから、母は時々子供のような嫉妬心を見せることがあった。亜紀にはそんな母が愛らしくてしかたなかった。

調和が取れている——ふと、そんな考えが頭に浮かんだ。母と亜紀とアンジュ。この群れはとても調和が取れている。

ルカがいなくなって、母と亜紀の間の調和は乱れた。亜紀はいつまでも嘆き悲しみ、母はそんな亜紀に呆《あき》れていた。

生あるものは必ず死ぬ。ルカが自分たちより先に旅立つことはルカを迎えた時からわかっていたことではないか。確かに悲しい、寂しい。だからといって、いつまでも別れを嘆いていてはルカが浮かばれない。

母が正しいことはわかっていた。だが、悲しみが癒されることはなく、母と話をするのも嫌で、部屋に閉じこもっていることが多くなった。

そんな母と亜紀に再び調和をもたらしたのは、アンジュだ。

アンジュがいれば、言葉は無用の長物になる。母も亜紀も、慈愛に溢れた目でアンジュを見つめていればそれで充分なのだった。

「神さんの連絡先、ここに書いておいたわよ」

母は食卓にメモを置くと、洗い物をするためにキッチンへ移動した。

アンジュは眠ったままだった。

6

「さあ、着いたよ」

神が駐車場に車を停《と》めると、亜紀は自分が柄にもなく緊張していることに気づいた。

荷室のケージに入っている犬たちも落ち着きを失っている。

「だいじょうぶだから、アンジュ」

太股に乗せたアンジュに声をかけた。本当は自分に言い聞かせていたのだ。

話はとんとん拍子に進んだ。神の主宰するレスキュー団体では、保護した犬の中で、人間と触れあうことに喜びを感じる犬を選別して、月に一、二度、近隣の障害者施設や老人ホームを訪れていたのだ。

犬と触れあうことで、障害を持つ子供たちや、認知症やその他の病に苦しむ老人たちはひとときの温もりを得る。犬も、人間と触れあうことで喜びを感じる。どちらにとってもメリットが多いのだと神は言った。

ちょうど、来週の日曜日に障害者施設に行くことになってるから、アンジュを連れてくる?

電話口で神がそう言った時、亜紀は二つ返事で「はい」と答えてしまった。電話を切った後で、セラピードッグが実際にどんなことをするのかも知らないことに思い至って冷や汗をかいたのだ。

とりあえず、ネットで一通りのことは調べたが、アンジュがセラピードッグとしてきちんとやれるのかどうかが気になって眠れない夜が続いた。

「リラックスしてよ、亜紀ちゃん。向こうは敏感だから、こっちの気持ち、すぐに感じ取るからね」

「あ、はい」

神が車を降りた。犬たちがさらに騒がしくなる。神は荷室のケージから犬たちを外に出した。ゴールデンにミニチュア・ダックス、チワワ、豆柴。みな慣れた様子だった。手にしていたリードにテンションがかかった。アンジュが他の犬たちのところへ駆寄っていく。

「アンジュ」

亜紀は慌ててリードを引いた。首筋に力がかかり、アンジュが動きを止めた。

「ふむ」

神が腕を組んだ。

「どうしました？」

「あまり躾《しつけ》は入れてないんだね」

「はい」

「いい子だからって好き勝手にさせてると、肝心な時にコントロールできなくなるよ」

「すみません。わかってるんですけど、つい」

顔が熱くなった。ルカの時はかなりしっかりと躾を入れていた。だが、アンジュは素直で手もかからないのでつい甘くなってしまうのだ。

「とりあえず、今日は見学。セラピードッグにしたいなら、君とお母さんも飼い主としてちゃんとしなければだめだ」

「はい。すみません」

殊勝な顔で頭を下げながら、亜紀は内心ほっとした。今日は様子を見るだけでいいのだ。

神が建物に向かって歩き出した。四頭分のリードを持っているが、その必要はなさそうに見えた。どのリードもたるんでいる。四頭の犬たちは秩序だって神の後ろを歩いている。神が群れのボスなのだ。犬たちは、それが当然だと言うように神の後に従うだけだ。リードを外したところで、好き勝手に動こうとする犬はいないだろう。それが正しいボスのあり方なのだ。

建物から人が出てきた。中年の男女だ。施設のスタッフだろうか。

「神さん、いつもお世話になります」

女性が声を張り上げた。

「子供たちが、首を長くして待ってます。どうぞ、中へ」

男性が落ち着いた声を出した。

「今日もよろしくお願いします」神が快活な声で答えた。「電話でもお話ししましたけど、今日はセラピードッグ候補生が見学させてもらいます。亜紀ちゃんとアンジュ君」

「よろしくお願いします」

亜紀は頭を下げ、アンジュと共に神の後を追った。

施設のスタッフは、女性が村山《むらやま》さん、男性が秦野《はたの》さんと名乗った。ふたりに先導され、建物の奥へ進んでいく。子供たちが、会議室のような部屋に集まっていた。二十人ほどだろうか。半数近くが車椅子に座っている。

「みんな、アッ君たちが来てくれたよ」

部屋に入った村山さんが大きな声を出した。子供たちの目が一斉に入口に向けられた。どの目も一様に輝いていた。

神と犬たちが部屋に入ると歓声が湧き起こった。秦野さんが言っていたように子供たちは犬たちと触れあえる時を待ちかねていたのだ。

神が犬たちのリードを首輪から外した。ゴールデンが口火を切って子供たちの中へ進んでいった。ゴールデンに触れようとあちこちから手が伸びてくる。ダックスとチワワ、豆柴もそれに続いた。

「乱暴に触っちゃだめよ。優しくね」

村山さんの張りのある声も、室内に谺《こだま》するざわめきに呑みこまれていった。

子供たちの顔は喜びに満ち溢れている。犬たちも嬉《うれ》しそうだった。自分が求められていることがわかるのだ。

いつの間にか、室内には優しいエネルギーが充満していた。子供たちが笑っている。犬たちも笑っている。それを見守る神や村山さんたちも笑っている。もちろん、亜紀もアンジュも笑っていた。

アンジュのボスになろう。アンジュの信頼を得て、リードがなくても安心できるような関係を築くのだ。そうすれば、アンジュもあの輪に加われるようになる。アンジュの笑顔は多くの人たちを癒すだろう。そして、アンジュ自身も癒されるのだ。

喜びの輪の中から、ひとりの女の子が外れ、こちらに近づいてきた。五歳ぐらいだろうか。外見からはどんな障害があるのか見当もつかない。

「この子はなんていうの？」

少女は亜紀の前に立ち、アンジュを指差した。

「アンジュよ。あなたのお名前は？」

「わたしは佳奈《かな》。アンジュはどうしてこんなに気持ちの悪い顔をしてるの？」

佳奈と名乗った少女に悪気のないことはわかっていた。そうでなければ近づいてきたりはしない。それでも、心臓が抉《えぐ》られたような気がした。

「アンジュは気持ちが悪い？」

「うん。変な犬」

「ごめんね、変な犬で」

子供相手になにをむきになっているのか。そう思っているのに、心がどんどん硬くなっていく。アンジュは笑っているはずだ。亜紀も笑うべきなのだ。

神がこちらを見ていた。

「どうして？　どうして変な顔なの？」

「ちょっとごめんね」

亜紀は少女に背を向けた。少女と神の視線を感じながら部屋を後にした。

＊　＊　＊

「だめだなあ」

溜息と共に自己嫌悪を吐き出した。考えれば考えるほどあんな態度をとるべきではなかったと思えてくる。少女はただ思ったことを口にしただけなのだ。アンジュは気持ち悪い顔をしている。どうして？　気持ちは悪いが、そばにいるのが嫌だと言ったわけではない。ただ知りたいから訊いただけだ。

「それなのに……」

頭の中にもやもやしたものが漂っている。それを振り払おうと亜紀は歩いた。アンジュが健気《けなげ》についてくる。施設の裏手が小さな公園のようになっていて、いくつかのベンチが目に留まった。

あそこへ行って頭を冷やそう。あとで、神や村山さんたちに謝らなければ。いや、なによりあの少女に謝らなければ。

そんなことをぼんやりと考えていると、いきなり腕を引っ張られた。アンジュが急に駆けだしたのだ。不意を突かれたせいでリードが手から離れた。

「アンジュ」

慌てて後を追った。いつの間にか、公園に入っていた。アンジュが下肢をもつれさせながら走っていく。いつもより速い。前脚の力で遮二無二《しゃにむに》前へ進んでいる。

「アンジュ、止まって」

亜紀は声を張り上げた。アンジュが進む方向にはベンチがあった。母子とおぼしきふたりが座っている。まだアンジュには気づいていないようだった。

アンジュは間違いなくそのふたりに向かって走っている。飛びついたり嚙んだりするおそれはないが、なにも知らないふたりが予想外の動きをすればどんな事故が起こっても不思議ではない。

「アンジュ」

もう一度叫んだ。その声に、母親が顔を上げた。驚いて立ち上がろうとしている。子供の方はなんの反応も示さない。

「噛んだりはしませんから、落ち着いてください」

亜紀は母親に向かって叫んだ。母親の顔には心配そうな表情が浮かんでいたが、それ以上動くことはなかった。

アンジュの走る速度が鈍った。亜紀との距離は五メートル。母子との距離は二メートル。子供は五歳ぐらいだろうか。スマホの画面を見つめたきり、ぴくりとも動かない。

アンジュが子供の真ん前で止まった。いつもの笑顔で子供を見上げる。少年は相変わらずスマホを見つめたままだ。

「ごめんなさい。いきなり走り出しちゃって」

亜紀は息を荒らげながら母親に頭を下げた。

「いいんですよ」

母親が微笑み、亜紀はほっとした。

「アンジュ。行くよ」

リードを拾い上げ、軽く引いた。普段なら、これでアンジュはおとなしく亜紀についてくる。今日は違った。四肢を踏ん張って抗《あらが》っている。

「アンジュ？　どうしたの？」

アンジュは子供を見上げている。子供はスマホを見つめている。まるで、亜紀もアンジュも存在しないかのようだ。

くぅん――アンジュが鼻を鳴らした。亜紀は思わず目を瞠《みは》った。初めて耳にする甘い鳴き声だった。

子供の目が動いた。スマホに釘付《くぎづ》けだった視線がアンジュの方へ移動する。アンジュがまた鼻を鳴らした。顔にはいつもの笑みが浮かんでいる。アンジュはもう一度鼻を鳴らし、子供の左脚に自分の右前脚をかけた。

子供の顔が上がった。今度ははっきりとアンジュを見た。

「直也《なおや》？」

母親が口に手を当てた。信じられぬものを見る目で息子を見ている。

「すみません。すぐに行きますから」

亜紀は言った。

「ちょっと待ってください。ほんの少しでいいですから」

母親が縋《すが》るような声で言った。

子供がスマホを脇に置いた。アンジュに手を伸ばす。アンジュが尻尾を振った。子供が笑った。

「ああ、直也……」母親の目に涙が浮かんだ。「笑ってる。ね、笑ってますよね。わたしの見間違いじゃないですよね？」

母親は亜紀の手を握ってきた。その掌《てのひら》はじっとりと湿っていた。

「あ、はい。笑ってます」

子供は右手をアンジュの頭に置いて、笑っている。それ以上なにかをするわけでもなく、ただ微笑んでいるのだ。

「信じられない」

母親が首を振った。その目からはとめどもなく涙が溢れてくる。

「この子、生まれた時から感情を表すことがあまりなくて、怒ったり、笑ったり、泣いたりすることがほとんどないんです。それなのに……」

アンジュは尻尾を振りながら子供を見上げていた。不格好な前脚を子供の脚にかけたまま、いつものように笑って。

「ありがとうございます。本当にありがとうございます」

母親が何度も頭を下げた。

「あ、わたしじゃなくて、この子です。坊やを笑わせるために走ってきたの、この子なんです」

亜紀はアンジュを指差した。胸が熱くなった。アンジュはなにかを感じたのだ。それで、亜紀を振り切って走り出した。この子のために。この子を笑わせるために。

なんの因果か母犬に頭を噛まれ、アンジュは犬としての能力の一部を失った。顔は醜いし、反応は鈍いし、下半身がうまく動かない。だが、その代わり、アンジュは別のなにかを手に入れたのだ。人間を慰めるなにかを。

「ワンちゃん、名前なんていうんですか？」

「アンジュです。フランス語で天使っていう意味なんです」

亜紀は胸を張って答えた。

「本当に天使ね、アンジュちゃん。ありがとう。直也を笑わせてくれて、本当にありがとう」

子供——直也君は笑うだけだった。声を発するわけでもなく、他になにかをするわけでもない。ただアンジュに触れ、笑い続けている。

「笑ってるのね、直也。本当に笑ってるのね。ああ、ちょっと待って」

母親は自分のスマホを手に取って、直也君とアンジュの写真を撮った。何枚も何枚もなにかに取《と》り憑《つ》かれたかのように撮った。最愛の息子の、めったに見られない笑顔だったのだ。いくら撮っても撮り足りないに違いなかった。

「あの……不躾なことを聞きますけど、近くにお住まいですか？」

「車で十分ぐらいです。あの、直也君、この施設に？」

母親は首を振った。

「セラピードッグが来る時だけ、お邪魔させてもらってるんです。もしかして、動物と触れあったら、直也に変化があるんじゃないかと思って。でも、今までは……」

「アンジュは特別なんです。ほら、顔が変でしょう？　子供の時、母犬に噛まれちゃったんですよ。脳にも異常があって、普通のワンコみたいには動けないんです。でも、代わりに特別な能力をさずかったんですよ。人間を慰めてくれるんです。人間が笑えるようにしてくれるんです」

アンジュと直也君はまだ見つめ合い、笑いあっている。

「また、会えるかしら？」

母親が言った。亜紀はうなずいた。

「アンジュもセラピードッグになるんです。だから、会えますよ。直也君に会いに来ます」

亜紀はしゃがんだ。直也君の顔を覗きこむ。直也君はまだ笑い続けていた。

「ね、アンジュ。直也君に会いに来るよね」

アンジュも笑っている。泣き続けていた母親も涙を拭い、笑顔を見せていた。

アンジュは人に笑顔をもたらすのだ。アンジュがいれば、だれだって幸せな気持ちになれるのだ。

アンジュは本物の天使なのだった。

フラットコーテッド・レトリーバー

Flat-coated Retriever

1

呼び鈴《りん》が鳴った。寝ていたはずのエマが一声、吠《ほ》えた。エマは立ち上がり、ひょこひょこと玄関へ向かっていった。左前脚がないのに、それを苦にする様子も見せない。今日は調子がよさそうだった。

「エマ、おはよう」

ドアが開くと同時に陽気な声が響いた。エマの尻尾が激しく揺れた。

「エマ、今日は元気だね」

畑中里美《はたなかさとみ》は腰を下ろし、エマをハグした。

「ちとせさん、おはようございます」

「おはよう」

大場《おおば》ちとせは里美に微笑《ほほえ》んだ。

「エマ、今日は調子よさそうですね」

「そうなの。朝から元気なのよ」

「ちょっとその辺散歩してこようか、エマ？」

散歩という言葉に反応して、エマの目が輝いた。

「ちょっとだけ、いいですか？」

里美の問いかけにちとせはうなずいた。

「じゃあ、行ってきます」

里美はエマの首輪にリードを引っかけ、エマとともに外へ出ていった。開いたドアの向こうに、犬のシャンプーとトリミング用に改造されたハイエースが見えた。里美はこのハイエースを駆使して、北軽井沢で移動トリミングショップを営んでいる。

ドアが閉まると、ちとせは自室に戻った。いつも以上に笑顔を振りまいていた里美の心遣いがありがたい。

椅子に座り、パソコンのモニタに映る写真の続きを眺めた。エマの日常を撮り溜《た》めた写真だ。エマが大場家の家族になった四年前の四月十四日から今日まで一千枚近い写真がハードディスクの中に収められている。整理しなくてはと思いながらずるずると手をつけずにいる間にそれだけ溜まってしまったのだ。

モニタに表示されているのははじめて散歩に出る時のエマの姿を撮った一枚だった。おどおどした表情でリードを持つ克彦《かつひこ》を見つめている。今とは大違いだ。

四年前の春、鬼押出しの近くにある浅間園という施設の駐車場で保護犬の譲渡会が催された。エマとはそこで出会ったのだ。

エマはパピーミル――子犬製造工場とも呼ばれる繁殖専門のブリーダーのところにいた犬だった。ブリーダーとは名ばかりで、金のために雌犬に闇雲に子を産ませ、その子犬をペットショップなどに売り飛ばす。彼らを嫌う人々は、侮蔑を込めて繁殖屋と呼ぶのだ。そこでは雌犬はケージに入れられたまま、散歩はおろか、シャンプーをしてもらうこともなく、食事を与えられ、交配させられ、子を産ませられる。

エマはそんな生活を四年間も強いられていた。資金繰りが悪化して経営がなりたたなくなった繁殖屋が動物保護団体に泣きつき、そこで飼われていた犬たちが保護されることになったのだ。

克彦とちとせはその一年前に北軽井沢――群馬県長野原町に神奈川から移住してきた。克彦もちとせも広告専門のプロダクションで、それぞれフォトグラファーとデザイナーとして働いていた。日々なにかに追われているような暮らしに倦《う》み、克彦が五十歳になったのを機に移住を決めたのだ。

移住してからは、克彦は風景写真家として新たな道に進み、ちとせはガーデニングに専念した。今では自分で育てたハーブで作るハーブティが口コミで評判になり、そこそこの収入も得られるようになっていた。

北軽井沢に移住してちょうど一年が経《た》った頃、せっかくこれだけ環境のいいところに住んでいるのだから犬を飼いたいと克彦が言い出した。ちとせにも異存はなかった。そんなおりに、譲渡会が催されたのだ。

大場家にやって来た当初のエマは、人間とどう接すればいいのかわからず、困惑し、怯《おび》えていたのだ。だが、それも短い期間のことだった。克彦とちとせが愛情をたっぷり注いでやると、エマはフラットコーテッド・レトリーバー本来の気質を遺憾《いかん》なく発揮しはじめた。

陽気でお転婆で疲れ知らず。人気《ひとけ》のない空き地でリードを外してやれば、黒く柔らかい毛を波打たせて、飽きることなく駆け続けた。渓流では止める間もなく川に飛び込み、目をきらきらと輝かせて泳ぎ続けた。

スマホの着信音が鳴った。ちとせは電話に出た。

「おふくろ、今、上里《かみさと》のサービスエリア」

息子の眞《まこと》の声が耳に流れ込んでくる。眞は東京の大学に通っていた。バイクでこちらへ向かっているところだった。

「エマは？」

「今日は調子がよくて、今、トリマーの里美ちゃんと散歩に行ってるわ」

「おれが着くまで待っててよ。絶対だよ」

「もちろんよ」

「じゃあ、切るよ」

「安全運転よ」

「わかってるって」

電話が切れた。ちとせはスマホを置き、マウスを操作した。モニタに表示される写真が切り替わっていく。

「ただいま」

里美のよく通る声が響いてきた。ちとせは玄関に向かった。

エマは物足りなげだった。もっとあちこち歩き回りたいと目が訴えている。

「眞から電話があったわよ、エマ。上里だって。あと二時間ぐらいで着くわよ」

エマは眞が大好きだった。お盆と正月の帰省の時には、眞にくっついて離れようとしなかった。

「エマ、大好きなお兄ちゃんに会う前に綺麗《きれい》になっておかなきゃね」

里美がエマの頭を撫《な》でた。

「それじゃ、エマをシャンプーしてきますね」

「よろしくお願いします」

ちとせは里美に深々と頭を下げた。

2

エマはぴかぴかになってハイエースから降りてきた。里美の助けを借りることなく、三本の脚で家の中へ入ってくる。

本当に今日は調子がいいらしい。ちとせは唇を噛《か》んで溢《あふ》れ出そうになる涙をこらえた。

「里美ちゃん、ハーブティ、飲む？」

「はい、いただきます。ちとせさんのハーブティ、大好き」

一時間はだいじょうぶなの？」

「ええ。今日はこれで営業終了です」

「そんな……悪いわ」

「いいんです。いろんなワンコとお仕事してきたけど、エマはベスト5に入りますから」

「なんのベスト5？」

「可愛いやつベスト5です」

里美は舌を出して笑った。エマはキッチンで水を飲み、リビングのお気に入りの場所に移動して伏せた。そこは一日中日が当たらず、ひんやりとして犬には最高に気分がいいらしい。

湯を沸かしていると、車が敷地に入ってくる音が聞こえた。エマの耳が持ち上がっている。

忙しない足音に続いて呼び鈴が鳴った。エマがまた一声吠え、玄関に向かっていった。

「エマ！」

慎司《しんじ》の声が響き渡った。エマが慎司に飛びつき、顔をべろべろと舐《な》めた。

「やめろよ、エマ。顔がべたべたになっちゃうじゃないか」

言葉とは裏腹に、慎司は満面の笑みを浮かべていた。今年小学校にあがったばかりだが、言葉遣いは一人前だ。

「お邪魔します。慎司、ちゃんとちとせおばちゃんに挨拶したの？」

母の由香里《ゆかり》が姿を見せた。ちとせたちと同じ移住組で、車で五分ほどのところに住んでいる。ちとせのガーデニングの一番弟子だ。

「おばちゃん、こんにちは」

「こんにちは。慎司君、パンケーキ食べる？　すぐに焼けるけど」

「いらない」

予想外の答えが返ってきて、ちとせは目を丸くした。ちとせの焼くパンケーキは慎司の大好物なのだ。お腹《なか》がはちきれそうになっていても、焼けば必ず平らげる。

にそのうになつでいく。

「今日はエマと遊ぶんだ」

慎司は自分の家のように上がり込み、リビングへ移動した。エマが嬉《うれ》しそうにその後についていく。

リビングの隅には、エマが遊ぶための玩具《おもちゃ》を入れたプラスティックのケースが置いてある。慎司はまっすぐそれに近づいて、紐《ひも》状の玩具を手に取った。エマがその玩具の端っこに噛みついた。

「今日は負けないからな、エマ」

慎司が両手で紐を握り、力をこめた。エマと慎司のいつもの遊びだ。常にエマが勝った。脚が三本になってもエマは負けなかった。

「次は絶対ぼくが勝つから！」

慎司がそう言い続けて、もう三年が経つ。

慎司の腰が下がった。歯を食いしばり、必死で玩具を引っ張っている。エマも玩具をくわえたまま上体を下げ首を振った。エマにはどこか余裕があるように見える。いつもそうなのだ。簡単に勝てるのに、慎司のプライドを傷つけないよう気を使っている。エマは本当に優しい犬だった。

引っ張りっこは数分続いたが、いつもと同じように慎司が音《ね》をあげて勝負がついた。

「ちきしょう。エマ、強いなあ」

慎司は得意げに玩具をくわえているエマの頭を優しく撫でた。エマは玩具を放し、床に伏せた。尻尾が揺れている。慎司も横たわり、エマの首筋に顔を埋《うず》めた。

「エマはあったかいな」

散々遊んだ後は、そうやってひとりと一頭で寄り添いながら昼寝する。慎司が小学生になってからはそんな光景も日常から消えていた。

「ちとせさん、これ、エマのために焼いてきたんだけど」

由香里は保冷バッグをぶら下げていた。

「まあ、なにかしら？」

「カボチャとサツマイモのケーキ」

保冷バッグの中には丁寧にデコレーションされたケーキが入っていた。砂糖などは使っていない、犬のためのケーキだ。

「エマ、ケーキもらったわよ。後で、丘の上で食べようね」

エマは尻尾を振ってちとせの言葉に答えた。身体を動かせば、慎司の邪魔になると心得ているのだ。

「由香里さん、ありがとう」

ちとせはケーキにメッセージが入っているのに気づいた。下手くそな、でも一所懸命な文字でこう記されている。

『だいすきだよ、エマ』

　慎司が書いたのだ。

「慎司君、ありがとう」

　ちとせはそう声をかけたが、返事はなかった。寝ているのかと思ったが、慎司はエマの左前脚の付け根を撫でていた。脚を切断した痕だ。

　きっと、照れくさくて聞こえないふりをしているのだろう。

「ねえ、おばちゃん、エマ、脚がなくなって悲しかったかな」

　ふいに慎司が顔をこちらに向けてきた。ちとせは微笑んだ。

「ワンコはね、そんなこと気にしないわよ。人間に愛されていると、それだけで幸せなの」

「じゃあ、エマは幸せだね。ぼくがこんなに大好きなんだから」

「うん。エマはとっても幸せなワンコよ」

　ちとせは微笑み、エマの手術痕を撫で続ける慎司を見つめた。

　エマの調子がおかしいことに気づいたのは、北軽井沢に遅い春がやって来た頃のことだ。歩くたびに上体が不自然に揺れ、リードを外してやっても走らない。

　慌てて近くの動物病院へ連れていった。レントゲンを撮ると、左前脚の骨に影が写っていた。細胞診に血液検査――一週間ほど待たされて出た診断は骨肉腫だった。

譲渡会の時にも、フラットコーテッドは病気の多い犬種だと聞かされていた。だが、この時、いろいろと調べて実感した。本当に遺伝疾患や癌《がん》の多い犬種なのだ。

獣医師は断脚がベストだと言った。

泳ぐことと駆け回ることが大好きなエマから脚を奪うなど考えられなかった。

人づてに他の病院を紹介してもらい、東京と名古屋へ行った。どちらの病院でも同じ診断だった。

断脚。

克彦と何度も話し合い、東京で大学生活を送りはじめた眞にも何度も電話をかけた。

結論は最初から決まっていたのだ。脚一本と命を天秤《てんびん》にかければ、どちらに傾くかは考えるまでもない。ただ、先延ばしにしたかった。

克彦も同じ気持ちだったのだと思う。結論はいつまで経っても出なかった。

決めたのは眞だ。

「いつまでうだうだ悩んでるつもりだよ。このままじゃ、エマ、死んじゃうんだぞ」

電話口で息子に怒鳴られ、腹が据わった。東京の病院で手術を受けさせることに決め、エマを車に乗せて上京した。動物病院の近くのホテルに部屋を取り、エマが手術を受けている間、祈り続けた。

手術は無事に成功した。

エマはしばらく入院生活を送ることになったが、ちとせは毎日見舞いに通った。退院する日は、それまで張りつめていたものが緩んだのか、涙が溢れてきて止まらなかった。

脚を失ったエマは、最初のうちは戸惑いを見せていた。だが、すぐに自分に与えられた新しい状況を受け入れた。

三本の脚で器用に歩き、走り、泳いだ。その目は手術を受ける前と同じようにきらきらと輝いていた。

エマは——犬は、人間のようにあれこれと思い悩んだりはしないのだ。その時その時を懸命に生き、過去の出来事やまだ起きてもいない未来に惑わされたりはしない。

自分もそうならなければ。エマを見守りながら、ちとせは思った。今を生きる。過去に囚《とら》われたり、未来に惑わされたりはしない。エマと同じ時間を生き、同じ喜びを分かち合うのだ。

「エマ、だいじょうぶ？」

慎司の緊迫した声が耳に飛び込んできた。エマが咳《せ》き込んでいる。

「エマ、もうすぐ眞が来るわよ。しっかりして」

ちとせはエマと慎司の傍らに腰を下ろし、エマの背中をさすった。はじめてエマがこの発作を起こした時はちとせ自身もパニックになった。だが、今はわかっている。この発作はそう長くは続かない。酷い時は咳がもっと激しい。そして、咳がやむとエマが唸《うな》りはじめる。

「眞が来るし、由香里さんがエマの大好きなカボチャとサツマイモのケーキ作ってきてくれたんだよ。後で食べようね」

優しく話しかけながら背中をさすり続ける。そのうち、エマの咳が鎮まってきた。

「おばちゃん、エマ、だいじょうぶ？」

慎司が訊《き》いてくる。その声には恐れが混じっていた。

「だいじょうぶよ。すぐに元気になるから」

ちとせが微笑むと、慎司は安心したのか笑顔をエマに向けた。

「びっくりさせるなよ、エマ。驚いちゃったじゃないか」

「慎司君、エマをちょっと休ませてあげてもいい？」

「うん。じゃあぼく、パンケーキ食べる」

「わかった。すぐに焼くからね」

立ち上がり、身体を反転させた。由香里と里美が顔を強張《こわば》らせていた。エマの発作をはじめて見たのだ。

「心配しなくてもだいじょうぶ。今のは軽い方だから。あら、いやだ。ハーブティを淹《い》れるのをわすれてたわ。ちょっと待っててね」

ちとせはキッチンへ移動し、スマホを手にした。眞に電話をかける。バイクの運転中なのだろう。電話はなかなか繋《つな》がらなかった。だが、もう、高速は降りているはずだ。どこかでバイクを停《と》め、電話に出てくれるだろう。

「どうした？」

ふいに回線が繋がった。

「今、どこ？」

「軽井沢。あと三十分ぐらいで着くよ」

「エマが発作を起こしたの。興奮させたくないから、バイクのエンジン、あんまりふかさないで敷地に入ってきてくれる？」

眞のバイクのエンジン音が聞こえると、それだけでエマは有頂天になる。眞の姿が見えるまで家の中を忙しなく動き回るのだ。

「途中でエンジン切って押していくよ」

「そうして。エマ、寝てるから」

「うん。じゃあ、後で」

電話が切れた。ちとせはケトルをもう一度火にかけながらリビングに目をやった。

エマは死んだように眠っていた。

3

眞が到着した時も、エマは眠っていた。里美と散歩に行き、シャンプーをしてもらい、慎司と遊んでくたくただったのだろう。

眞が肩にそっと手を置いた時にやっと目覚めた。

「エマ」

眞が声をかけると、エマは鼻を鳴らした。甘える鼻声は、眞にしか聞かせない声なのだ。

「久しぶりだな。寂しかったか？」

眞は立ち上がろうとするエマを抱え込み、胡座《あぐら》をかいた。

「じっとしてろよ、エマ。このままラブラブしてようぜ」

エマはすぐに身体の力を抜いた。尻尾を激しく振りながら、眞に甘えきっている。

「眞兄ちゃん、久しぶり」

「おう。慎司か。でかくなったなあ。由香里さん、ご無沙汰です」

「眞君も大人びてきたわね」

「仕送りが少ない苦学生ですから。人生の辛酸を舐めてます」

「馬鹿言わないの」

ちとせは眞の軽口を諫めた。確かに仕送りは多いとは言えないが、少なすぎるわけでもない。

「里美さんもお久しぶり。仕事は順調？」

「おかげさまで」

眞は笑いながら周囲を見渡した。

「親父《おやじ》は？」

「撮影に行ってる」

「こんな日に？　馬鹿じゃねえの、クソ親父」

「お父さんだって辛《つら》いのよ」

眞はわざとらしく鼻息を吐き出した。眞がなにかにつけ克彦に逆らうようになったのは十五歳を過ぎた頃からだろうか。あの頃は本気の殴り合いになるのではといつもはらはらしていた。だが、北軽井沢に移住してきてすべてが変わった。克彦は苛々《いらいら》することがなくなり、それと比例するように眞の反抗的な態度も和らいだ。ただ、口の利き方だけは生意気なまま変わらない。

眞は軽井沢の高校へ転校した。北軽井沢からはバスを使う他はなく、そのバス代は都会で暮らしていた者からすると目の玉が飛び出るぐらい高かった。家計のため、克彦が車で送り迎えをした。克彦が撮影で出かけている時はちとせが代わりを務めた。毎朝毎夕のそれは大変ではあったが、今では懐かしい想《おも》い出《で》だった。

眞は北軽井沢での生活を気に入ってくれたようだった。エマが家族の一員に加わってからはそれに拍車がかかった。週末には自転車に跨《またが》ってエマと一緒に朝から出かけて、夕方近くまで戻って来なかった。帰宅した時には眞もエマも腹ぺこでくたびれ果て、晩ご飯をがっつくと死んだように眠りについた。

眞が大学に通うために家を離れた時は大変だった。エマが眞の姿を求めて遠吠えをはじめたのだ。朝だろうが夜だろうが、それは唐突にはじまり、いつ終わるともなく続いた。克彦やちとせがたしなめてもエマは遠吠えをやめなかった。エマと眞はだれよりも深い絆《きずな》で結ばれていたのだ。だが、人間の勝手な都合でその絆が断ち切られてしまった。

エマの遠吠えは沈痛で、ちとせと克彦も心を痛めた。

エマが遠吠えをしなくなったのは、眞が家を出て一ヶ月もした頃だ。エマは嘆くのをやめてすべてを受け入れた。そして、普段のエマに戻り、眞のいない生活に馴染《なじ》んでいった。ただし、盆と正月に眞が帰ってくるとエマは異様なまでに興奮し、眞が東京に戻っていくと、またしばらくはしょげ返るのが常だった。

「エマ、丘に行こうか。おまえの大好きな丘」

エマがくぅんと鳴いた。丘という言葉をしっかりと覚えている。

「じゃあ、うちのハイエースで行きましょうか。眞君の運転は怖いってちとせさんが言ってるし」

「おれは安全運転ですよ」

眞が唇を尖《とが》らせた。

「人の車で事故でも起こされたらたまらないから、眞はおとなしく助手席に乗っていきなさい。由香里さんと慎司君も行ってきたら？　わたしは夫が戻ったら追いかけて行きますから」

「慎司、そうしようか？」

由香里が慎司の顔を覗《のぞ》きこんだ。大ぶりなパンケーキを平らげたばかりの慎司はお腹をさすりながらうなずいた。

「よし、みんなで行こう」

眞が立ち上がった。エマがそれに続いた。エマの視線は眞に釘付《くぎづ》けだった。

「行くぞ、エマ」

玄関に向かう眞に、エマは激しく尻尾を振りながらついていく。人間たちもみな外に出て、家の中は一気に静かになった。ちとせはハーブティの入ったマグカップを片手に、パソコンの前に座った。エマの写真をモニタに映しだしていく。

断脚後のエマが浅間山を背景に躍動している。五体満足だった頃となにひとつ変わらぬ様子で生を満喫している。エマは好きなだけ走りまわると、最後は必ずちとせの元に駆け戻ってきた。ちとせはその身体を受け止める。女の子らしい柔らかい身体に柔らかい黒毛。エマをハグするのが好きだった。エマの身体に頬を押し当てていると世界中のだれより幸せな気分になれた。

エマはその天真爛漫《らんまん》さでそばにいるすべての人間を幸せにすることができた。だれからも愛された。

エマは漆黒の妖精だった。

マウスをクリックすると克彦と添い寝しているエマが現れた。克彦がどれだけ凄《すさ》まじい鼾《いびき》をかこうが、エマは一切気にとめなかった。身体をぴったりくっつけて、安心しきって眠るのが常だった。

マウスをクリックする。食事を待つエマが現れる。エマの口からは涎《よだれ》が糸を引いていた。そんな姿も愛《いと》おしい。

クリック――ボールを追いかけるエマ。

クリック――川から上がってきて、身体を震わせて水飛沫《みずしぶき》を飛ばすエマ。

クリック――夕焼けの丘でジャンプするエマのシルエット。

クリック――水が張られたばかりの田んぼの脇を疾走するエマ。水面にもその姿が映っている。

クリック――雪に大はしゃぎするエマ。

クリック――真夏の暑さにぐったりしているエマ。

クリック――紅葉の落ち葉が敷き詰められた森を歩くエマ。

クリック――はじめて接する波にたじろぐエマ。断脚後のリハビリのため、伊豆にあるペンションへ行った時のことがありありとよみがえる。そのペンションにはプールがあった。人間と同じで、泳ぐことで全身の筋肉が鍛えられるのだ。リハビリの後は、ペンションから歩いて数分のビーチにエマを連れていった。エマは波にたじろいだが、すぐに波と戯れる喜びを見いだした。

クリック――エマのアップ。漆黒の瞳がカメラを構えるちとせを見つめている。

マウスを握る手がそこで凍りついた。

エマの瞳に湛《たた》えられているのは剝《む》き出しの愛と信頼だった。

エマがいるだけでどれだけ日々の生活が潤っただろう。エマと暮らすことでどれだけの喜びを与えられただろう。

エマがいない人生など考えられない。

車のエンジン音が聞こえた。克彦が戻ってきたのだ。ちとせはパソコンをシャットダウンし、目尻に溜まっていた涙を拭った。

「ただいま」

野太い声が玄関から流れてきた。

「お帰りなさい」

ちとせはリビングに移動した。大きく重いカメラバッグを担いだ克彦が姿を見せた。

「写真、どうだった？」

「可もなく不可もなくってところかな……」

克彦は早朝から紅葉がはじまりつつある志賀高原へ撮影に出かけたのだ。

「お茶でも飲む？」

「うん。エマは？」

「みんなと浅間牧場。今頃、眞と駆け回ってるんじゃないかしら」

「そう言えば、眞のバイクがあったな」

克彦はバッグを床に置き、ソファに腰を下ろした。その目はどこか虚《うつ》ろだった。ここのところ、いつもそうなのだ。

「もう少ししたら、わたしたちも行きましょう」

「そうだな。浅間牧場は、エマの一番のお気に入りだもんな」

「そうよ。ずっと前からそう言ってるでしょ」

「なあ……」

「だめ」ちとせは克彦の言葉を遮った。「何度も話し合って決めたことでしょう」

「……そうだな」

克彦は目を閉じた。目尻に疲れが宿っている。きっと、昨夜は一睡もできなかったに違いない。

ちとせはポットを洗い、ハーブティを淹れなおした。克彦専用の特大マグカップに茶を注ぎ、トレイに載せてリビングに運んだ。向かい合わせに座り、克彦の顔を覗きこんだ。

「だいじょうぶ?」

「だいじょうぶじゃない。が、しかたがない」

克彦はマグカップを手に取り、ハーブティを啜《すす》った。

「先生は?」

「十二時で午前中の診療が終わるから、その後で来てくれるって」

「そうか。我儘《わがまま》を聞いてくれて、ありがたいな」

「そうね。いい先生だわ」

それ以上の言葉が出てこなかった。ちとせと克彦はお茶を啜りながら庭を眺めた。ちとせが丹精を込めてつくった庭だ。エマがこの家に来た当初は、花壇をよく踏み荒らされた。だが、エマは走りまわっていい場所とそうではない場所の区別をすぐにつけるようになった。

叱ったわけではない。ちとせの悲しそうな顔を見て、エマが自分で判断したのだ。庭の端に植わっているヤマボウシの木に実が鈴なりになっていた。エマはヤマボウシの実が好きだった。よく庭に出ては、地面に落ちた実を貪っていた。

「今年はヤマボウシの実が凄《すご》いよな」

克彦が言った。ちとせと同じ思いを抱きながらヤマボウシを見ていたのだろう。

「うん。去年は少なかったけど、今年は凄い」

「ドングリや栗も、去年は少なくてあちこちで熊を見かけたけど、今年は多いよ。熊も喜んでるだろう」

山の中でエマのリードを外して走らせていたら、キノコ採りに来ていた地元の老人に出くわしたことがある。真っ黒なエマを熊と勘違いした老人は悲鳴を上げて逃げ出した。追いかけて謝ったが、老人の機嫌は一向に直らなかった。だが、その老人も今ではエマを見かけたら微笑んでくれる。

「そろそろ時間だわ。ちょっと支度してくる」

ちとせは再びキッチンに舞い戻った。籐《とう》のバスケットに前もって作っておいたサンドイッチやサラダの入ったタッパーウェアを入れた。紙皿やプラスティックのフォークやナイフを用意し、エマ用のケーキを最後に入れた。クーラーボックスに飲み物を詰め込んで克彦に声をかけた。

「これ、車に運んで」

克彦がやって来てクーラーボックスを運び出した。

今日はピクニックだ。みんなでエマを喜ばせてやるのだ。いつもエマにそうしてもらっているように。

バスケットをぶら下げて家を出た。戸締まりはしない。ここに越してきてからはしたことがない。克彦は自分の四駆の運転席に座っていた。ちとせは助手席に乗った。

「いよいよなんだな。本当にいよいよだ」

「うん。眞と喧嘩《けんか》しないでよ。エマを悲しませたくないから」

「わかってるよ」

克彦が四駆を発進させた。敷地を出て森を抜けレタス畑を横切っていく。毎日のようにエマと歩いた道だ。農地を過ぎると国道に出る。左折して南下、しばらくすると信号のある交差点に出くわす。そこを左折すれば、もう浅間牧場は目の前だ。

駐車場に車を停めると、丘の上から弾《はじ》けるような笑い声が聞こえた。慎司の声だった。

「今日はエマ、凄く調子がいいの」

ちとせは喋《しゃべ》りながら車を降りた。

「そうか」

克彦の声には元気がなかった。

「ほら。そんなんじゃだめでしょう。元気出さなきゃ」

克彦はうなずき、クーラーボックスを荷室から出して担ぎ上げた。

「行こう。おれたちのエマが待ってる」

ちとせは克彦の腰に腕を巻きつけた。

「なんだよ、急に」

「たまにはいいでしょ」

ちとせと克彦は歩調を合わせ、丘を登りはじめた。

4

エマと眞たちは丘の中腹にある屋根付きの休憩所にいた。眞と慎司がフリスビーで遊んでいた。エマは芝生の上に伏せ、同じく芝生の上に腰を下ろした里美がエマの背中をさすっている。由香里がベンチに腰掛けて眞と慎司が遊ぶ姿を微笑みながら見守っていた。

「フリスビーがあるのに、エマが動いてない」

克彦が言った。

「ちょっと疲れてるのよ」

「昔は疲れ知らずだったのに。フリスビーなんて、何度も何度も投げさせられて、最後にはこっちが音をあげた」

「しょうがないじゃない」

エマがちとせたちに気づいた。顔をこちらに向け、尻尾を激しく振っている。だが、それだけだ。ひと月前なら間違いなく凄まじい勢いでこちらまで駆けてきた。

「久しぶりだな、眞」

クーラーボックスをベンチに置いた克彦が眞に声をかけた。眞は聞こえないふりをした。

「まったく、男どもときたら……」

ちとせは苦笑しながらバスケットをクーラーボックスの横に置いた。そのまま芝生に腰を下ろし、エマのうなじに手を置いた。エマが甘えてちとせの太股《ふともも》に顔を押しつけてくる。里美がさりげなく腰を上げ、ベンチに移動した。

「由香里さんのケーキ、持ってきたよ。後で食べようね」

うなじに置いた手を脇腹の方へずらしていく。浮き上がった肋骨《ろっこつ》がはっきりと感じ取れた。エマの体重は落ち続けているのだ。

「もう遊ぶ元気ないの？」

脇腹を撫でながら声をかけた。右の脇腹の一部が不自然に膨らんでいる。腫瘍だ。ちとせは腫瘍の辺りを避けながら撫で続けた。

「みんなが会いに来てくれて、嬉しすぎて疲れちゃったかな、エマ？」

克彦がクーラーボックスを開け、中からビールを取りだした。帰りは運転するつもりがないのだ。

「お腹すいたら、バスケットの中にサンドイッチがあるし、飲み物も用意してるから」

ちとせはみんなに声をかけた。だが、だれも食べないだろうこともわかっていた。サンドイッチに手を伸ばす可能性があるのは慎司だが、まだパンケーキでお腹が一杯のはずだった。

秋の空が広がっていた。浅間の山腹に大きな雲の影が落ちている。穏やかな初秋だった。まだ紅葉ははじまっていないが、日に日に気温が下がっていく。

缶ビールを飲み干した克彦がジーンズのベルトに装着したアタッチメントから小型のミラーレスカメラを外して写真を撮りはじめた。仕事では一眼レフカメラや中判カメラを使うことが多いが、スナップ写真ならミラーレスで充分だというのが克彦の持論だった。写りは一眼レフに匹敵する、いや、時には凌駕《りようが》する。

克彦のカメラに装着されているのは広角のズームレンズだった。克彦はエマを中心とした輪から外れ、遠ざかっていく。エマとその仲間たちを写真におさめるつもりなのだ。

特別な瞬間の写真などいらない。エマの日常を撮ることがすなわち、想い出を作っていくことに繋がる。日常の一瞬一瞬がどれだけ美しく、愛おしいものであったのか。それを忘れないために写真を撮るのだ。

エマの視線が絶え間なく移動している。眞を見、慎司を見、克彦を見、由香里を見、里美を見、ちとせを見上げて、また眞を見る。

いつの間にか克彦がこちらに近づいてきていた。広角レンズをつけたカメラを構えたままちとせたちのすぐそばに来てシャッターを切る。エマはそんな克彦にお構いなしだった。写真を撮られることに慣れている。

「エマ、ママを見上げてごらん」

克彦の声にエマが反応する。顔を上げてちとせを見つめる。言葉を理解しているわけではない。ただ、克彦の語調で自分がなにをすればいいか判断しているのだ。

「いい子だ、エマ」

克彦に褒められてエマは顔をほころばせる。その表情を待ち構えていた克彦がシャッターを切る。

「エマ、キス」

ちとせは言った。エマが口を寄せてくる。克彦がシャッターを切る。

何枚同じような写真を撮っただろう。何枚撮っても撮り足りなかった。同じような写真でありながら、どれも違う写真だった。違う日、違う時間、違う感情を写し取った写真だ。

「いつまで写真撮ってるんだよ」

慎司と遊ぶのをやめた眞がやって来た。

「おばちゃん、サンドイッチもらってもいい？」

慎司がベンチに駆けていく。

「好きなだけ食べていいのよ」

ちとせは慎司に答えた。

「エマ、全然遊ばないな」

眞はちとせと向き合う形で腰を下ろした。エマの顎を左手に載せ、右手で頭を撫でてやる。

「昔みたいに体力がないの。すぐ疲れちゃうのよ」

「断脚した後だってすぐに元気になったのに」

「あの時はね」

眞と話している間も克彦はシャッターを切り続ける。寄ったり、離れたり、また寄ったり。シャッターを切ることが克彦にとってのコミュニケーションなのだ。

「顔はこんなに元気そうなのに……」

眞は愛おしそうにエマを撫でる。恋人にだってここまで優しく触れてやることはないのではないだろうか。

「今日は眞やみんなが来てくれたからテンションが高いの。人間だって、気持ちが高ぶってる時は疲れや辛さを忘れるでしょう？」

「立つのはしんどいのか、エマ？」

眞がエマの目を覗きこんだ。エマが鼻声で答えた。

「よし。じゃあ、おれがエマの脚の代わりになってやる。おふくろ、エマを背負うから手伝ってくれよ」

眞は腰を浮かししゃがんだ体勢のままエマに背を向けた。ちとせはエマの胴部を抱えて持ち上げた。激しく揺れるエマの尻尾が邪魔だった。それでも、苦労して眞にエマを背負わせた。

「行くぞ、エマ。おまえが走るのよりは遅いけど、我慢しろよ」

エマを背負った眞が丘を駆けた。慎司が奇声を上げながらその後を追いかけていく。克彦も小走りになって眞とエマにレンズを向けた。里美が微笑んでいる。由香里は必死に涙をこらえているようだった。

「泣かないで、由香里さん」

ちとせは由香里の隣に行き、手を握った。

「ごめんなさい」

「ほら、見て。エマ、笑ってる。幸せそう」

「本当に笑ってますね」

「そう。だから、泣いちゃだめ」

「主人と話して、うちも犬を飼うことに決めたんです。慎司のために。それから、わたしたちのために」

「いいことだと思う。ワンコが一緒にいれば、慎司君はもっと強く、もっと優しい子になるわ」

「だといいんですけど」

眞の息が上がっていた。慎司は眞の走る速度についていけず、悔しそうに地面を蹴っていた。克彦も走るのをやめ、カメラを構えたまま眞が近づいてくるのを待っている。

「眞、跳んで。エマがジャンプするみたいに跳んで」

ちとせは叫んだ。

「無茶言うなよ」

眞の声は上ずっている。

「跳んで」

ひときわ強い声で命じた。

「ちきしょう！」

眞が走る速度を上げ、丘のてっぺんで跳んだ。エマの耳が左右に広がって、ふわりと元の位置に戻った。

だれよりも愛する人間の背中で、エマは世界一幸せな犬だった。

5

男たちはビールを、子供はコーラを飲んだ。女たちはハーブティを啜り、エマはケーキをひとくちだけ食べた。この十日の間にエマの旺盛だった食欲はすっかり落ちていた。大人たちも付き合って、サンドイッチは慎司が食べただけだった。

「もういいの?」

ちとせの差し出したケーキの欠片《かけら》にエマがそっぽを向いた。

「じゃあ、お水飲もうか」

眞の視線を感じながら、ちとせはエマの口をタオルで拭った。眞の顔が今にも崩れてしまいそうだ。眞が知っているのはなんでもがっついて食べるエマの姿だけだった。

エマは水も飲まなかった。ちとせの太股を枕にして目を閉じ、荒い呼吸を繰り返している。はしゃぎすぎて体力を消耗したのだろう。

「ちとせさん、わたしたちはそろそろ失礼します」

由香里が言った。その声が合図だったというように里美も腰を上げた。

「もっとゆっくりしていってよ」

「この後はご家族だけで」

里美が言った。里美も由香里も最初からそのつもりだったのだ。

「由香里さん、里美ちゃん、今日は本当にありがとう。エマも嬉しかったはず」

「いいんですよ。エマのためですもん」

里美はそう言いながら、エマの脇腹を撫でた。

「さよなら、エマ」

里美と入れ替わるように由香里と慎司がエマに触れた。

「大好きだよ、エマ。ずっと大好きだからね」

慎司が言った。

「ありがとう」

ちとせはエマの代わりに礼を言った。

「おばちゃん、ぼく、犬飼うんだ。エマみたいにかっこいい犬に育てるんだ」

「大切にしてあげるのよ」

「うん。またね」

三人が丘を下っていった。残ったのは家族——群れだけだった。

克彦と眞が缶ビールを片手にやって来て、エマの周りに腰を下ろした。

「大好きな丘の上にいるのに、エマ、寝てやがる」

眞が呟《つぶや》いた。

「三日ぐらい前から寝たきりだった。今日はみんなやおまえが来たから元気が出たんだ」

克彦が言った。

「今日は一度軽い発作を起こしかけただけ」

ちとせはうなずいた。

「動画で見せられたのより酷かった時もあるのか？」

眞の顔が歪《ゆが》んでいた。

「眞は見てられないと思うわよ。父さんだって逃げ出すもの」

「あれは逃げたわけじゃないぞ。見ているのが辛くなって……」

「だから、それは逃げたって言うんだろう」

眞が克彦の言葉を遮った。

「なんとでも言え」

克彦はそう言ってビールを啜った。

エマが最初の発作を起こしたのは十日前の夜だった。しばらく咳が続いたあと、呼吸が苦しげな喘《あえ》ぎに変わり、呼吸の合間に唸りはじめたのだ。

動物病院の診療時間は終わっていた。だが、ちとせは獣医師の携帯の番号を教わっていた。その番号に電話をかけ、北沢《きたざわ》先生が往診に駆けつけてくれたのが三十分後。エマの発作はいくぶんおさまっていた。

「おそらく――」北沢先生は言った。「腫瘍がどこかで神経を圧迫しているか、腫瘍自体が壊れて出血しているかのどちらかだと思います」

北沢先生はエマの口の中を覗きこんだ。舌も歯茎も赤みを失っていた。

「この色だと、やっぱり、どこかで出血してるんだろうなあ」

すでにエマの癌が再発していることはわかっていた。あの手この手で癌細胞の増殖を抑えこもうとしていたのだ。

「とりあえず、今夜は点滴を打っていきます」

「じゃあ、明日病院にお伺いして、レントゲンで腫瘍の位置を特定して……」

ちとせが話している途中で北沢先生が首を振った。

「そんなことをしても意味はありません。腫瘍はエマの身体のあちこちにできてるんです。悔しいですが、今の動物医学では打つ手がありません」

「そんな、先生、なんとかならないんですか？」

克彦が懇願するように訴えた。北沢先生は残念そうに首を振るだけだった。

「してあげられるのは、痛みや苦しみを多少なりとも軽減させてあげることぐらいです。痛み止めとステロイド……もし、それでもエマの痛みがおさまらないようなら、安楽死させてあげることも選択肢のひとつです」

ちとせは克彦と目を合わせた。安楽死など考えたこともなかった。普段の言動を見ていて、北沢先生の口からその言葉が出てくるということも想像していなかった。

「安楽死ですか?」

克彦が訊いた。その声は震えていた。

「ええ。苦痛から解放してやるのも、飼い主の務めかもしれませんよ」

その夜、ちとせと克彦は一睡もできず、投薬されて眠り続けているエマのそばで夜を明かした。

次の日もエマは発作を起こした。激しく咳き込み、苦痛に身体を震わせ、こらえきれない痛みに唸り声を上げる。薬を与えれば発作はおさまるのだが、しばらくすると再び起こり、発作と発作の間隔がどんどん短くなっていった。

ちとせと克彦は話し合った。何度も何度も話し合った。だが、結論は出なかった。

話している最中、ふたりの頭には常に北沢先生が口にした言葉があった。

安楽死。

自分たちにエマの生死を勝手に決める権利があるのだろうか。

だが、エマの苦しみようは尋常ではなかった。あの苦しみを止めてやる義務が飼い主にはあるのではないか。

ふたつの考えの間を行ったり来たりして、結局は宙ぶらりんのまま会話が途切れる。その繰り返しだ。

ふたりが無益な議論を繰り返している間にも、エマの病状は悪化していく。

「眞に電話しよう」

克彦がそう言ったのは、エマが最初の発作を起こしてから四日目のことだった。断脚の時もそうだった。ちとせと克彦では結論を出せず、結局は眞に責任を押しつけたのだ。

あの時のことを思い出すと忸怩《じくじ》たるものがある。

それでも、安楽死を選択するという結論は出せなかった。もしかすれば病状が好転するのではないか。もしかしたら発作がおさまるのではないか。ひょっとしたら……。

ほんのわずかな可能性が現実を押しのけて思考の大部分を占領してしまうのだ。

克彦がスマホで眞と話をはじめていた。エマの状態を客観的に説明し、その後で北沢先生の診断を伝える。

「先生は安楽死も考えた方がいいと言うんだ。おれたちも最初はそんなこと考えられるかと思っていたが、エマを見ていると、辛くてもその決断をしなきゃならんのかなとも思う」

克彦の言葉はよどみがなかった。きっとずいぶん前から眞に話そうと決めていたに違いない。

「安楽死？　冗談言うなよ」

眞の声が聞こえてきた。

「おまえはエマを見てないだろう」克彦が言った。毅然《きぜん》とした声だった。「エマが苦しんでいる時の様子を動画に撮ったんだ。それを今から送る。見終わったら、電話をくれ」

克彦は電話を切り、スマホを操作した。動画の送信を終えると目頭を揉んだ。

「あいつには見せたくなかった」

ぽつりと言った。

「でも、眞も家族なのよ。もう子供じゃないんだし」

「わかってる。決められない自分が嫌になってるだけだ」

克彦は眠っているエマのそばに移動して腰を下ろした。この数日間でエマは急激に痩せていた。食事の量が減っているのだから当たり前だ。

克彦のスマホの着信音が鳴った。眞からの電話だ。

「もしもし？」

「なんだよ、あれ。なんでエマがあんなことになってんだよ」

鼻声だった。眞は泣いていた。

「どうする、眞？　おれたちはどうしたらいいと思う？」

はじめて聞く声だった。父が息子に語りかけるのではなく、対等な人間と話しているような口調だった。

「エマは苦しいんだよな？　辛いんだよな？」

「見ているおれたちも苦しくて辛い」

「だけど、安楽死なんて……」

「でも、なにもしなかったらエマの苦しみはずっと続くかもしれない」

「痛み止めとか、いろいろあるだろう」

「だんだん効かなくなっていくんだ。見ているとそれがわかる」

「エマは今、なにしてる？」

「寝てるよ」

「大学なんか、行かなきゃよかった。高校出たら、その辺の農家に雇ってもらって、それで……そうしてたら、おれ、エマとずっと一緒にいてやれたのに」

スマホから漏れてくる眞の声は慟哭《どうこく》のようだった。

「眞……」

「もう決めてるんだろう、親父？　でも、踏ん切りがつかなくて、おれに電話してきたんだ。ずるいよ」

「すまん」

「断脚の時もそうだった。一番しんどい決断をおれに押しつけるんだ」

「すまん」

克彦の顔からはすっかり精気が失せていた。

「エマを楽にさせてあげよう」

眞の言葉にちとせは下を向いていた顔を上げた。

「いいのか、それで？」

克彦の口元が震えていた。

「だらだら悩んでても仕方ないんだろう？　エマが苦しいだけなんだろう？　エマには決められないんだ。だったら、おれたちが決めてやらなきゃ。嫌だけど……絶対に嫌だけど、そんなこと言ってられない。おれたちが決めなきゃ、エマに申し訳ない」

「わかった」

克彦の頬を涙が濡《ぬ》らしていた。ちとせも溢れてくる涙を止めることができなかった。

「明日、北沢先生に言ってくる」

「おれも帰る。みんなでエマを見送ろう」

「わかった」

「おふくろに代わってくれよ」

ちとせは克彦が突きだしてきたスマホを手に取った。

「眞……」

「おれが帰るまで、エマのこと、頼むよ。親父は頼りにならないから」

「わかってる」

「エマの好きなもの食わせてやって。エマの好きな人たち呼んでやって」

「わかってる」

「エマ、うちに来て幸せだったかな？」

「世界一幸せな犬だったわよ。決まってるじゃない」

眞が号泣しはじめた。そんな泣き方を耳にするのは十数年ぶりだった。

電話を切ると、克彦とふたり、エマを囲んで泣いた。エマが目覚め、尻尾を振った。

「ごめんね、エマ。ごめんね」

エマは微笑んでいた。わたしのことで傷つかなくてもいいのよと言われているような気がした。そんなのは人間のエゴだ。自分をごまかすために、犬を擬人化して慰めにしようとしているだけだ。

それでも、エマの微笑は目の前にあった。ちとせと克彦の悲しみを感じ取ってなんとか元気づけようとしているのだ。

エマは天使だ。犬はみんな天使だ。傲《おご》り高ぶって汚れた人間たちを癒すために神様が遣わした天使なのだ。

「ありがとう、エマ」

ちとせはエマを抱きしめ、柔らかい毛に顔を埋めて泣いた。

6

眞に電話をした翌日、克彦とふたりで動物病院を訪れた。北沢先生は一言も口を挟まずちとせたちの話に耳を傾け、最後に「エマのためによく決断しましたね」とだけ言った。

エマを見送る日時を決め、だれを呼ぶべきか——だれが来てくれたらエマが喜ぶだろうかと考えた。

大勢を呼ぶ必要はない。エマはだれのことでも好きだが、人や犬が多く集えば疲れ果ててしまうだろう。

いつも愛情を持ってエマをトリミングしてくれる里美。エマのことが大好きでたまらない慎司とその母の由香里。そして克彦とちとせと眞。それで充分だという結論に達した。

里美と由香里に電話した。里美も由香里もまるで自分の家族のことのように嘆き悲しみ、泣いた。

「慎司、よく泣かなかったな」

眞がエマを撫でながら言った。眞も克彦も缶ビールを手放そうとしない。

「泣いたわよ、わたしが話した日に、大泣き。でも、エマのために頑張ってってお願いしたの」

「そっか……」

「来たみたいだな」

克彦が言った。眼下に見える駐車場に四駆が入ってきた。北沢先生の車だった。車から降りる北沢先生を目にした瞬間、全身に力が入った。

ついにその時がやって来るのだ。

「エマ、まだケーキ余ってるわよ。食べる？」

エマは眞の太股に頭を載せたまま尻尾を振った。ちとせはケーキを小さく切り分け、エマの口に運んだ。エマは苦労しながらケーキを飲みこんだ。食べたいわけではないのにちとせの気持ちを慮《おもんぱか》っているように見えた。

またただ。またエマを擬人化している。

だが、そうしなければ耐えられない。心が砕けてしまう。

克彦に手を握られた。克彦はもう一方の手でエマの身体に触れた。

「おまえも母さんの手を握れよ」

「うん」

眞がうなずいた。これほど素直に克彦の言葉に従ったのはいつ以来のことだろう。ちとせは伸びてきた眞の手を取った。

「おれたちをゆるしてくれ、エマ」

克彦が言った。

「頼まなくてもゆるしてくれるよ。エマはいつだっておれたちのことをゆるしてくれるんだ」

眞が言った。

「エマは天使だものね」

ちとせは言った。

人間がどんなに愚かなことをしても、犬たちはゆるしてくれる。変わらぬ愛情で接してくれる。人間という種は犬という種と暮らすことでどれだけ救われたのだろう。

エマの呼吸が荒くなった。発作の前兆だ。

「だいじょうぶか、エマ？　苦しいのか？」

眞がちとせの手を離し、エマの脇腹をさすった。ゆっくりとエマの呼吸が落ち着いていく。

「大好きだぞ、エマ。世界で一番おまえが好きだ」

眞がエマに言った。エマの尻尾が揺れた。

「お待たせしました」

北沢先生が診察《しんさつ》鞄《かばん》をぶら下げて丘を登ってきた。白衣の裾が風にはためいていた。

「もっとゆっくり来たっていいんだよ、先生」

眞が言った。

「これでもかなりゆっくり登って来たつもりなんだけどな。時間はあります。もう少し待ちましょうか？」

北沢先生は生真面目な顔で言った。ちとせは克彦の顔を見た。克彦の視線もちとせに向かっていた。だが、眞がきっぱりと言った。

「今も発作を起こしそうになったんだよ、先生。もう、お別れは済ませた。だから、エマを解放してやって」

「わかりました」

北沢先生が正座した。エマの後ろ脚にカテーテルを通していく。そこから麻酔薬を注入していった。克彦の手に力が入った。ちとせはもう一度空いている手で眞の手を握った。

「エマ、おまえさんは幸せなワンコだな。責任を全うしない飼い主も大勢いるんだぞ」

北沢先生は克彦と眞の間から腕を伸ばし、エマを撫でた。

エマが顔を上げた。その横顔は悟りを得た菩薩《ぼさつ》のようだった。生への執着とは無縁なのだ。

「エマ……」

ちとせは思わずエマの名を口にした。エマがちとせを見た。エマは微笑んでいた。

「エマ……」

克彦が口を開いた。エマは克彦を見て微笑んだ。

「エマ……」

眞もエマを呼んだ。エマは微笑んだまま、眞の口元を舐めた。お別れのキスだった。

「それでは……」

北沢先生が安楽死用の薬剤をゆっくりと注入していく。

「エマ」

こらえきれなかった。ちとせはエマの名を口にしながら泣いた。克彦も眞も泣いていた。

北沢先生が立ち上がった。注射器を指に挟んだまま、胸の前で手を合わせた。

「これで、エマは苦しみから解放されます」

エマは眠るように逝く。そう聞かされていた。

「エマ」

眞がちとせの手を離し、エマを抱きかかえた。エマが目を閉じた。大好きな人と散歩に行き、シャンプーをしてもらい、大好きな子と遊び、だれよりも好きな人に背負われて大好きな丘の上で走りまわった。

そして、微笑みながら旅立つのだ。

なんと高貴な存在なのだろう。

「エマ、約束するわ。また、犬を飼う。可哀想な子をレスキューする。そしてエマみたいに幸せなワンコにするの。約束する」

ちとせはエマに触れた。エマの身体から力が抜けていくのが感じられた。

「エマ、エマ……」

克彦はただエマの名を連呼していた。

眞はエマを抱きしめて嗚咽《おえつ》していた。

いつか別れの時がやって来る。最初からわかっていた。いや、わかったつもりになっていただけだ。実際にその時が来るとただただ心が痛むだけだ。

本当にこれでよかったの？　わたしたちは間違った決断を下したんじゃないの？　エマ、エマ、教えて。あなたは知っているんでしょう？　なにが正しくて、なにが間違っているのか。教えて、エマ。わたしたちは正しかったの?

言葉にならない想いが頭の中で渦を巻いていた。

エマの目が開いた。エマはまだ笑っていた。微笑んでいた。死の淵《ふち》に立ってなお、家族に見守られていることを喜んでいた。

「ありがとう、エマ。ありがとう」

克彦が言った。

「ありがとう」

ちとせも言った。

「エマ、ありがとう」

眞も言った。

エマがまた目を閉じた。エマの胸が大きく膨らんで、次の瞬間、エマの四肢がだらりと伸びた。

「エマ!」

眞が叫んだ。

エマが逝ったのだ。

「エマ! エマ!!!」

眞の声が響き渡った。聞く者の胸を切り刻むような痛切な声だった。

ちとせは眞の背中に腕を回した。克彦が反対側から同じように眞に腕を回していた。親子三人でエマを囲みながら、身を寄せ合って泣いた。

泣き崩れる人間たちの真ん中で、エマは穏やかに横たわっていた。

フレンチ・ブルドッグ

French Bulldog

1

記憶にある光景とは様変わりしていた。町営のキャンプ場だったはずだ。それが入口に錆《さ》びついたチェーンが渡されている。炊事場もバーベキュー用の施設も使われなくなって長い月日が経《た》つらしく、あちこちに経年劣化の跡が見られた。十五年も前に家族で訪れた時の記憶に刻まれているきらびやかさはどこにもなかった。

入口の近くに『熊の出没に注意』という看板があった。その看板ですら朽ちかけ、文字が掠《かす》れている。

わたしは錆びたチェーンを外し、ハイエースで人間に見放されたキャンプ場に潜り込んだ。

どうせ死ぬつもりでここに来たのだ。この見事なまでの寂れ具合はわたしの死に場所には相応《ふさわ》しいではないか。

自嘲しながら煙草《たばこ》をくわえた。森の向こうの空が赤く染まっている。まもなく日が沈み、夜がやってくる。ここは真の闇に包まれるだろう。気温も急激に下がっていくに違いない。ガソリンメーターの針は空を示すEの文字に限りなく近いところで揺れている。

仕事と家族と住むところを失って早一ヶ月。わたしの懐にある残金を考えると、ガソリンを補充できるのはあと一度きり。それを使い切ってしまえば、その先はもうない。車を捨てて、都内のどこかの公園か河川敷でホームレスの仲間入りをするか、とにかく南へ向かって車を走らせ、少しでも暖かいところへ移動して、車の中で毛布にくるまって冬をやり過ごすか。

どちらもそう違いはないように思えた。どう転んでも、わたしに未来はないのだ。煙草ももう五本しか残っていない。今夜は残っている焼酎を飲み干しながら煙草をちびちびと吸い、すべてを灰に変えたら練炭に火をつけるのだ。

煙草を吸い終えると尿意を覚えた。

外に出ると、外気がさらに冷えているのがわかった。明け方には氷点下近くまで下がるのだろう。軽井沢とはそういう土地なのだ。

だれもいないキャンプ場のど真ん中で盛大に立ち小便をした。もしだれかに見られて非難されたとしても、明日の朝にはもうわたしはこの世にいないのだ。かまいはしない。膀胱《ぼうこう》を空にしてすっきりした直後、豚の鳴き声のような音が森の奥で響いた。こんなところに豚がいるわけもない。猪《いのしし》かと身構えながら耳を澄ました。

ぶひっ、ぶひっ

音がはっきりと耳に届いた。音は近づいてくる。暗くなりはじめた森に目を凝らしたがなにも見えなかった。

声の様子からして鳴いているのはうり坊だろう。ということは、母猪も近くにいるに違いない。子供を守ろうと気が立っているとしたら危険だった。わたしは車に乗り込んだ。エンジンをかけ、クラクションを鳴らす。それで猪が逃げてくれればというつもりだった。

ほんの少し窓を開け、もう一度耳を澄ました。

ぶひっ、ぶひっ
鳴き声はさっきより近づいている。枯れ葉を踏みつける音も聞こえた。鳴き声の主は、クラクションを聞いて怯《おび》えるどころか勢いづいたようだった。

「なんなんだよ」

またクラクションを鳴らした。野生動物ならそれだけで逃げるはずだ。だが、声の主が怯《ひる》むことはなかった。ならば、猪ではないのだ。

わたしは意を決して車から降りた。どうせ死ぬつもりでここに来たのだ。今さらなにを恐れるというのか。

鳴き声と足音がさらに近づいてくる。敏捷《びんしょう》な野生動物というよりは間抜けな足音だった。

森の奥から小さな生き物が飛び出てきた。犬だった。

どたばたと走る姿は犬というより爬虫類《はちゅうるい》のようだった。鼻は潰れており、耳が立っている。体毛は黒っぽかった。昔、近所で似たような犬を飼っている家があった。

フレンチ・ブルドッグだ。間違いない。

フレンチ・ブルドッグはぶひぶひ鳴きながらわたしの脚に飛びついてきた。口の周りは白い泡だらけだった。ぼろきれのようなものが身体にまとわりついている。よく見ると、かつては服だったもののようだった。

わたしはフレンチ・ブルドッグを抱き上げた。

軽い。ぼろきれと化した服の下に、はっきりと肋骨《ろっこつ》の感触があった。フレンチ・ブルドッグはがりがりに痩せていた。

「おまえ、捨てられたのか？」

声をかけた。フレンチ・ブルドッグはぶひぶひと鳴いた。周りを見渡した。飼い主らしき人間の姿はない。痩せ方とぼろぼろの服からすると、捨てられてからずいぶん経つのだろう。わたしの気配に気づき、必死でここまで駆けてきたのだ。

ここにこの犬を捨てていった人間の様子をありありと思い描くことができる。捨てられたこの犬の心情も簡単に想像できた。

わたしはフレンチ・ブルドッグをそっと抱きしめた。その痛ましい姿は今のわたしそのものだった。

「寂しかったか？　辛《つら》かったか？」

フレンチ・ブルドッグはぶひぶひと鳴いた。右の前脚を何度も何度も持ち上げた。お手をしているのだと気づくのに時間はかからなかった。

「腹が減ってるんだな」

わたしはフレンチ・ブルドッグを地面におろし、ハイエースの後部ドアを開けた。コンビニの袋の中にツナ缶があるはずだった。

フレンチ・ブルドッグが脚にまとわりついてくる。

「わかった。今、食い物をやるから少し落ち着け」

ツナ缶を見つけ、開けた。プラスティックのスプーンで中身を紙皿に移した。それを地面に置いてやる。フレンチ・ブルドッグはがつがつと食いはじめた。よほど腹が空《す》いていたのか、ツナをすっかり食べ終えたあとでもしつこく皿を舐《な》めていた。

わたしは他に食べさせられるものがないか、車内をあらためた。なにもなかった。わたしが後で食べようと買い置きしてある他の食料は、犬に与えるにはどれもこれも味が濃すぎるものばかりだった。

気がつくと、皿を舐めるのをやめたフレンチ・ブルドッグがわたしの右脚に前脚をかけていた。

「食い足りないか？」

わたしはフレンチ・ブルドッグを抱き上げた。

「ちょっとドライブと洒落《しゃれ》こもうか。ドッグフードを買ってこよう」

フレンチ・ブルドッグを助手席に乗せ、エンジンをかけた。スマホで最寄りのホームセンターを検索した。軽井沢に来るのは十数年ぶりで町の様子は一変していた。記憶はあてにならない。

スマホを操作している間も、フレンチ・ブルドッグはぶひぶひ鳴いていた。黒い体毛に褐色の差し毛が入っている。首回りの毛が抜けており、乾いて固まった血の痕が見えた。

飼い主は首輪とリードをつけたままこの犬を捨てたのだ。キャンプ場のどこかにリードを括《くく》りつけて放置したのだろう。この犬はなんとか首輪から抜け出した。首の周りの傷はその時ついたものだ。

飼い主の身勝手な行いに怒りが湧いた。深く考えることもなく犬を飼い、飽きたらこれまた深く考えることもなく捨てるのだ。

パーキングブレーキを解除し、アクセルを踏んだ。ステアリングを操作しながら左腕を伸ばし、フレンチ・ブルドッグの頭を撫《な》でた。

ぶひぶひ

フレンチ・ブルドッグは嬉《うれ》しそうに鳴いた。

＊＊＊

ホームセンターでドッグフードと器、それにリードと首輪のセットを買った。そのまま近くの公園の駐車場にハイエースを突っ込み、車内でフレンチ・ブルドッグにドッグフードを与えた。食後、外に出たがる気配を見せたので首輪とリードを付け、公園内を散策した。

すでに日は落ち、気温もぐんぐん低下している。公園に人の姿はなく、気ままに散歩を楽しむことができた。

はじめ、フレンチ・ブルドッグはしきりにリードを引っ張った。自分が行きたいところに行くのは当然だという態度だ。

その度に声で叱り、リードを使って進むべき方向を指示してやると、やがてフレンチ・ブルドッグはわたしと歩調を合わせて、てくてく歩くようになった。

犬を飼ったことはない。ただ、好き勝手にされるのはまっぴらだと思っただけだ。これまでのわたしの人生の大半は大企業の連中に好き勝手にされてきた。それに唯々《いい》諾々《だくだく》と従った挙げ句、会社は倒産した。妻子には愛想を尽かされ、慰謝料を払う代わりに持ち家を譲渡するということで離婚の手続きもスムーズに済んだ。わたしに残されたのは微々たる残高の銀行口座とハイエースだけだった。

散歩が済むと、トイレの洗面台でフレンチ・ブルドッグを洗った。あまりにも身体が汚れ、撫でるだけでわたしの指も真っ黒になったからだ。水で身体を洗い流し、乾いたタオルでよく拭いてやる。それだけのことでずいぶんましになった。

わたしに身体を洗われている間、フレンチ・ブルドッグはおとなしくしていた。聞き分けのいい利口な犬だった。

フレンチ・ブルドッグは雌だった。

「おまえを捨てた飼い主にはなんて呼ばれてたんだ？」

わたしが訊《き》くと、フレンチ・ブルドッグはぶひぶひと鳴いた。

「ぶひ子だな。おまえは今日からぶひ子だ」

我ながら酷《ひど》い名前だと思ったが、ぶひ子が文句を言うはずもなかった。

「ちょっと待ってろ」

わたしはぶひ子を助手席に残したまま後部座席に移動した。余計な座席を取り外し、ソファベッドが置けるように自分で改造を施したのだ。ソファベッドの上でくしゃくしゃになっていた毛布を整え、腰を下ろした。

「来いよ」

助手席でこちらの様子をうかがっていたぶひ子に声をかけた。ぶひ子はぶひぶひ鳴きながら、不格好な動きでこちらへやって来た。

ステンレスのマグカップに焼酎を注《つ》ぎ、生のトマトを齧《かじ》った。あとは、カップ麺がひとつと鯖《さば》の味噌煮《みそに》の缶詰があるだけだ。

「今日死ぬつもりだったからな……」

侘《わび》しい食料を見つめながら焼酎を啜《すす》った。ぶひ子がわたしの太股《ふともも》の上に乗ってきた。身体を伸ばし、トマトの匂いを嗅ごうとしている。

「まだ食い足りないのか」

トマトを小さく嚙《か》み千切り、掌《てのひら》に載せた。ぶひ子がトマトを食べ、小さな舌で掌を舐めた。柔らかく優しい感触だった。

「トマト、好きか？」

声をかけると、ぶひ子がわたしを見た。大きな黒い目にわたしが映りこんでいる。潰れた鼻のせいで犬としてのバランスがおかしくなっているのだろうか、ぶひ子は常に舌の先端を口から出していた。どこか間が抜けていて愛くるしい。

また小さく嚙み千切ったトマトを与えた。ぶひ子はトマトを食べ、わたしの掌についたトマトの汁を舐め取っていく。

「おまえは捨て犬だ」

わたしは焼酎を啜った。いつもより甘く感じた。

「おれも捨てられたんだ」

ぶひ子が顔を上げた。だれにと訊かれているような気がした。

「社会と家族にさ。おれたちは似た者同士だな」

ぶひ子の頭を撫でた。ぶひ子は後ろ脚で立ち、前脚を激しく動かした。まるで踊っているかのようだ。

勝手な思い込みだ。トマトが欲しいだけだろう。

「おれは今夜、死ぬつもりだったんだぞ。ほら、練炭とガムテープだ。窓に目張りして練炭焚《た》いて、焼酎をかっくらって、それでおしまいだ」

ぶひ子にトマトを与えながら独り言を呟《つぶや》いた。

「だが、おまえのせいで今夜はその気が失《う》せた」

トマトがなくなった。ぶひ子はまだ食い足りなそうだったが、これ以上食べ物を与えるのはやめにした。車の中でクソでも放《ひ》られてはたまったものではない。

ぶひ子はわたしの太股に脚をかけたり頭突きを食らわせたりしてきた。痛くも痒《かゆ》くもなかった。微笑《ほほえ》みながら焼酎を飲んでいると、やがてぶひ子は諦めた。わたしに身体をくっつけて伏せる。ぶひ子の体温が伝わってきた。

「湯たんぽがわりだな、こいつは」

わたしはぶひ子の背中を撫でた。ぶひ子が目を閉じた。舌の先端が口先から出たままだ。

「どれぐらいひとりでいたんだ？　寂しかっただろう？」

ぶひ子は反応しなかった。すでに眠ってしまったのだ。

「実を言うとな、おれも寂しい」

毛布を引き寄せ、ぶひ子にそっとかけてやった。ぶひ子が目を開けた。だが、その目はすぐに閉じられた。

わたしはぶひ子の体温を感じながら焼酎を飲み続けた。

2

ぶひ子がわたしの顔を舐めていた。唸《うな》りながら身体を起こした。時刻は午前七時過ぎ。辺りはすっかり明るくなっている。床に焼酎のボトルが転がっていた。空になっている。途中から記憶があやふやだが、自分で飲み干したのに間違いはない。

「散歩するか？」

ぶひ子はしきりに外の様子をうかがっていた。どこか遠くで犬の吠《ほ》える声がしていた。上着を羽織り、車を降りた。ぶひ子が興奮してぶひぶひ鳴いている。吐く息が白かった。

限りなく氷点下に近い気温なのだ。

「ちょっと待ってろ」

急に尿意をもよおして、ぶひ子のリードをサイドミラーに括りつけて近くにある公衆トイレに駆け込んだ。すっきりして戻ってくると、ぶひ子が後ろ脚で立ち上がってわたしを待っていた。

「よし、行こう」

芝生が敷き詰められた公園をぶひ子と歩いた。相変わらず犬の吠える声がして、ぶひ子はそれに気を取られていた。公園の西側には川が流れており、吠え声はその向こうから聞こえてくる。

「あっちに行ってみるか……」

一旦公園を出て、バイパスの歩道を西へ進んだ。川の上に橋が架かっており、その先に右へ折れる砂利道があった。川沿いに砂利道を進んでいくとドッグランが現れた。初老の女性が二匹のミニチュア・ダックスフントを遊ばせている。

「入ってもかまいませんか?」

外から声をかけると女性はにこやかに微笑み、犬たちは吠えながら入口に向かって駆けてきた。ぶひ子がリードを引っ張り、ぶひぶひと鳴いた。

「うちの子たちはだいじょうぶよ」

女性が言った。おそらく、危害を加えてくるようなことはないという意味だろう。ぶひ子も興奮はしているが、攻撃性は見られないような気がした。わたしはぶひ子と共にドッグランに入った。リードを外してやると、ぶひ子はダックスたちともつれ合うようにして駆けだした。短くて不格好な四肢を懸命に動かして顔を輝かせている。昨日、わたしと出会うまでの苦労など忘れてしまったかのようだった。

「ほんとに犬っていいわよね。今この瞬間だけを楽しんでるの」

わたしの考えを読んだとでもいうように女性が言った。

「見てるだけでこっちの気持ちも晴れ晴れしてくるわ。そう思わない？」

「ええ。そうですね」

ドッグランはふたつのエリアに仕切られていた。小さなエリアは小型犬用、大きい方は中大型犬用ということらしい。わたしたちがいるのは中大型犬用のエリアだった。

「あっちじゃなくてもいいんですか？」

わたしは小型犬用のエリアに指を向けた。

「この時期は常連さんしか来ないから。都会と違ってここらは大らかなのよ」

女性が笑った。

「ちょっとお尋ねしますが……」

「なんでしょう？」

「この辺りで、犬のレスキューっていうんでしたっけ、そういうことをやっている団体なんてありませんか」

途端に女性の顔つきが変わった。

「そんなところを知ってどうするおつもりかしら？」

どうやら、わたしがぶひ子を身勝手な理由で手放そうとしていると勘違いしたらしい。わたしは愛想笑いを浮かべた。

「実はあの子、昨日、山の奥の方で保護したんです。がりがりに痩せてるでしょう？飼い主に捨てられて、何日も山の中で放浪していたようで」

「そうなの？　ずいぶん痩せてるとは思ったけど……軽井沢、多いのよ、捨て犬」

「とりあえず、食べ物は与えたんですが、犬を飼ったこともないし、どこか、里親を捜してくれるところに預けた方がいいんじゃないかと思いまして」

「あなたが飼えばいいじゃない。あんなに懐いてるんだし」

女性は飽きることなく遊んでいる犬たちに視線を移した。

「懐いてるって、昨日保護したばかりなんですよ」

「こっちに向かってくる姿を見てたけど、ちゃんとあなたの言うことを聞いて歩いてるし、もう何年も一緒に暮らしてるように見えましたよ」

「散歩をしたのだって、これがはじめてみたいなもので……」

「ということは、あの子、よっぽどあなたのことを信頼してるのね」

「そうですか？」

「そうよ。じゃなきゃ、はじめての人の言うことを聞いて歩いたりしません。可愛《かわい》いでしょう？　子豚さんみたいにぶひぶひ鳴きながら隣を歩いてくれるのよ」

わたしは言葉を失って頭を掻《か》いた。彼女の言う通りだ。公園の駐車場からこのドッグランまでの短い道のりを歩いただけで、わたしのささくれ立っていたはずの心は穏やかに弾んでいた。隣を歩くぶひ子のいじらしさに胸を打たれていたのだ。

「あなたが家族になってあげればいいのよ」

思わず苦笑した。

「あら？　わたし、おかしいこと言った？」

わたしは首を振った。

「そうじゃありません。自分のことがおかしくなっただけです」

彼女は不思議そうにわたしを見つめた。

「ぼくはホームレスなんですよ。車の中で生活してる。そんなぼくに家族なんてと考えるとなんだか笑えてきて……」

「まあ。知らなかったとはいえ、ごめんなさい」

彼女が目を伏せた。

「いえ。気にしないでください」

人間たちの間に流れはじめた気まずい雰囲気に気づくこともなく、犬たちはまだ遊び続けていた。

＊＊＊

何度数え直しても、わたしの全財産は一万三千五百二十七円だった。一時に比べてかなり安くなったとはいえ、車のガソリンを満タンにしたら手元には五千円ぐらいしか残らない。

わたしはぶひ子に視線を走らせ、苦笑した。思いきり遊び、ドッグフードを食べたら、ぶひ子はわたしの毛布の上で寝息を立てはじめた。起こすのも可哀想《かわいそう》でそのままにしていたら、やがてぶひ子は寝返りを打ち、腹を上にして寝はじめたのだ。

舌先を口から出し、短い四肢を曲げて仰向《あおむ》けで寝るその姿はとても犬とは思えなかった。

よっぽどあなたのことを信頼してるのね。

松坂《まつざか》さん――二匹のダックスフントの飼い主の言葉がよみがえった。

確かに信頼されているようだった。でなければここまで無防備な姿をさらして寝たりはしないだろう。

ぶひ子の寝姿を見て腹が決まった。

わたしとぶひ子は何者かに導かれて昨日、あの場所で出会ったのだ。わたしはぶひ子を救うため。ぶひ子はわたしが死ぬのを止めるため。

馬鹿げた考えだというのはわかっている。しかし、そう思わずにいられなかった。

わたしはスマホを取りだし、松坂さんから聞いた番号に電話をかけた。

「もしもし。兼田《かねだ》と申しますが、実は松坂さんという方から、そちらがビニールハウスを建てるのに人手を欲しがっていると伺いましてお電話を差し上げました」

「ああ、あんたね。松坂さんから話は聞いたよ。来てもらえるなら助かるんだが、日当は七千円しか出せないんだ。かまわんかね」

「それでかまいません」

今年の二月、軽井沢は観測史上まれに見る大雪に見舞われた。一晩で一メートル以上降り積もった雪は、農家のビニールハウスをことごとく押し潰した。大半の農家が必要最低限の修復を施して農繁期を乗り切ったが、本格的な冬にそなえ、この時期、ビニールハウスを建て替えているところが多い。

ドッグランでぶひ子の遊ぶ姿を眺めながら物思いに耽《ふけ》っていたわたしに松坂さんはそう言って、人手を欲しがっているという農家を紹介してくれたのだ。

会ったばかりの人間に、それも自らホームレスと名乗った人間にさしのべてくれる手としては温かいことこの上なかった。しかし、その手はわたしにではなく、ぶひ子にさしのべられたのだとわたしは信じていた。

ぶひ子のために頑張りなさい。

そう言われた気がしたのだ。

電話の相手は土屋《つちや》というイチゴ農家だった。農場への道順を聞いて、わたしは電話を切った。

日当七千円で、四、五日働かせてもらったとして三万前後の稼ぎになる。

その金で、ぶひ子と共に故郷を目指そうと思った。京丹波の質美《しつみ》という集落だ。高齢の母がひとりで暮らしている家がある。

すべてを失った時、質美に助けを求めようかと考えたこともある。だが、自尊心がそれを妨げた。仕事を失い、家族に捨てられ、ホームレスになってしまったなどとどうして告げられようか。わたしは母の自慢の息子だった。どの面を下げて質美に行けるのかと思った。足繁《あししげ》く行き来していたのならともかく、父の葬儀で帰省した以外は二十年以上にわたって年に一度年賀状を送るだけで済ませてきたのだ。それが金がなくなった途端、無心に行くなど身勝手にすぎる。

あの時、わたしはひとりだった。絶対の孤独の中で窒息しかけていた。だが、今、わたしにはぶひ子がいる。死んではならないと森の中から駆けてきたこの子との出会いを無駄にしてはならない。

質美へ行き、母と共に畑を耕し、ひっそりと暮らすのだ。

わたしは手を伸ばし、ぶひ子の剝《む》き出しの腹を撫でた。ぶひ子が目を開け、ぶひぶひと鳴いた。

「質美へ行くぞ、ぶひ子。母さんに頭を下げて助けてもらう。そうしたら、おまえもちゃんとした家の中で暮らせるようになる。どうだ？」

ぶひぶひ——行こう行こう！

ぶひ子がそう言った気がした。わたしはぶひ子を抱き上げ、その温かい身体を自分の胸に押しつけた。

3

たった三枚の一万円札がわたしの心を豊かにした。人間とはなんと現金な存在なのだろう。ガソリンを満タンにし、ホームセンターでわたしとぶひ子の食料に酒少々を買い込んで車に積んだ。

有料道路を使わない設定でカーナビに目的地を設定すると、質美まではおよそ十五時間の道程だという表示が出た。高速を使えば大幅に時間を短縮できるが、代わりに一万以上の出費になってしまう。時間と金のどちらかを選ばねばならないとしたら決断はあっという間だ。

ナビの指示に従って軽井沢から佐久《さく》市を抜け、諏訪湖《すわこ》方面を目指した。佐久の市街を抜けると辺りは田園地帯で遠く西に雪を被《かぶ》った北アルプスの峰々が望めた。ぶひ子は助手席のシートの上で船を漕《こ》いでいる。久々に気分のいいドライブだった。

二時間ほどで諏訪湖が見えてきた。ナビの指示するルートから外れ、適当なところに車を停《と》めた。ぶひ子が目を覚まし、早く外に出せとシートの上で飛び跳ねた。首輪にリードのフックを引っかけ、諏訪湖畔を散歩した。平日の日中のせいか、幹線道路を車が行き交う他は人の姿もまばらだった。

空は神々しいまでに青く、太陽の光を反射させている湖面はどこまでも穏やかだった。ぶひ子はリードを引っ張ることもなく、わたしの横をひょこひょこと歩いている。わたしは幸せで、満ち足りていた。ぶひ子と出会うまでは絶望の底をさまよっていたというのに、なんという違いだろう。

三十分ほど歩いたところで車に戻り、ぶひ子に水を飲ませ、ドッグフードを与えた。ぶひ子が食事をしている間、スマホで諏訪湖周辺の地図を呼び出した。あまりにも幸せで、このまま真《ま》っ直《す》ぐ質美へ向かうのがもったいなく感じてしまったのだ。

高《たか》ボッチ山という名前が目に留まった。インターネットでこの山から撮影したという美しい富士山の写真を見たことがある。雲海を従えた朝焼けに輝く富士山だ。

「ぶひ子、富士山見に行こうか」

ドッグフードを食べ終えたぶひ子に声をかけた。ぶひ子がぶひぶひと鳴いた。行こう、行こう――わたしの耳にはそう聞こえた。

「よし、行こう」

エンジンをかけ、ギアをドライブに入れる。わたしは浮き足立っていた。昂揚《こうよう》していた。こんな気分になったのはいつ以来のことだろう。

ぶひ子の頭を撫で、アクセルを踏んだ。わたしの気分が伝染したのか、ハイエースがいつになく軽快に走りはじめた。

＊＊＊

カーナビの指示に従って国道二十号を塩尻《しおじり》方面に向かい、鮮やかな緑色に塗装された歩道橋の手前を右折した。その先は深い森になっており、塩嶺御野立《えんれいおのだち》公園という看板が見えた。すでに紅葉の時季は過ぎていたが、あと数週間早く訪れていれば素晴らしい景色に出会えただろう。

「来年は紅葉を見にこうよう」

しょうもない駄洒落を口にしながら、公園の案内図の近くで車を停めた。キャンプ場やアスレチックの施設があるようだった。富士山からの日の出を眺める場所を決めたら、ここまで戻ってきて夜を明かすのがいいだろう。

再び車に乗り込み、先を目指した。ぶひ子が前脚でわたしの左腕を引っ掻くような仕《し》種《ぐさ》を見せた。車から出してもらえなかったのが不満らしい。

「もう少し待てよ」

頭を撫でてやると、ぶひ子はまたぶひぶひと鳴いた。

「撫でてやるだけで機嫌が直るのか。安上がりなやつだなあ」

わたしは笑った。ぶひ子がいるだけで自然と顔の筋肉が緩んでいく。

勾配のきつい峠道にさしかかった。一キロごとに高ボッチ高原までの距離を示した標識が立っていた。無意識にガソリンメーターに目が行った。燃費に優しくない道では常にガソリンの残量を気にかけることが習性と化している。

ガソリンはまだ充分にあった。懐にもわずかだが余裕がある。それがわかっていてなお、首筋に嫌な汗が噴き出てくるのを止めることができない。富士山を見ようなどと思わなければよかった。貧乏、いや、困窮が身に染みついているのだ。

ガソリンメーターに吸い寄せられそうになる視線を助手席に移した。ぶひ子は毛繕いにいそしんでいた。その姿にささくれ立っていた神経がなだめられる。なんとかなるだろうという気持ちが湧いてくる。

もはや、ぶひ子はわたしにはなくてはならない存在だった。

高ボッチ高原まで残り一キロの標識をすぎると空が開けてきた。第一駐車場と記された駐車場があったが、そこからでは富士山も諏訪湖も見えなかった。だが、案内図があり、少し歩いた先に見晴の丘というのがあるということだった。駐車場には他の車は見当たらなかった。

標高は千五百メートルを優に超えているだろう。さすがに諏訪湖の辺りとは空気感も気温も違う。寒さに身体がすくみ上がった。ダウンジャケットと手袋を身につけ、ぶひ子を車から降ろした。

ぶひ子は身震いをしてから、きょろきょろと辺りを見渡した。普通の犬のように匂いを嗅ごうとしないのは潰れた鼻のせいだろうか。

「ぶひ子、行くぞ」

リードでぶひ子の注意を引き、わたしは歩きはじめた。振り返ると、駐車場の隣に競馬のコースのようなものが併設されていた。草競馬が行われるのかもしれない。

ぶひ子が腰を屈《かが》めた。放尿し、再び身震いした後でわたしを見上げた。ぶひ子は笑っていた。わたしもつられて笑った。

「だれもいないし、リード外してみるか?」

わたしの声にぶひ子は首を傾《かし》げた。わたしの言葉の意味を必死で摑《つか》もうとしているかのようで愛《いと》おしさがこみ上げてくる。

リードを外してやった。だが、ぶひ子はどこかに走っていくわけでもなく、わたしのすぐそばをひょこひょこ歩いてついてくる。

「走ってきていいんだぞ、ぶひ子。好きなようにしていいんだ」

ぶひ子が足を止め、また首を傾げた。

「走ってこい。おまえ、犬だろう? こういうところを走りまわるの大好きなんじゃないのか?」

わたしの言葉が終わる前にぶひ子が駆けだした。草むらに顔を突っ込み、また駆けては別の草むらに顔を突っ込んでいく。その足取りはいつにもまして軽く、ぶひ子がこの場所を大いに気に入ったことが見てとれた。

自分の足取りが軽くなっていることにも気づいた。ついさっきまでガソリンメーターが気になって嫌な汗をかいていたのはどこのどいつだろう。

ぶひ子の後を追いかけているうちに見晴の丘に辿《たど》り着いた。

眼下に諏訪湖が広がり、遠く彼方《かなた》に富士山が聳《そび》えている。左手に目を転じればあれは八ヶ岳だろうか。わたしの悩みがちっぽけでどうでもよく感じられるほど雄大な景色だった。

スマホを取りだし、写真を撮った。富士山の山頂に笠《かさ》のような雲がかかっている他は、絵に描いたような秋晴れだ。時折吹きつけてくる風の冷たさがこの後訪れるであろう冬を予感させたが、目に見える景色は穏やかな秋そのものだった。

ぶひ子はあちこちの草むらに顔を突っ込んでは、また別の草むら目がけて走ることを続けていた。

「ぶひ子！」

声を張り上げた。ぶひ子が立ち止まり、わたしを見た。

「来い」

ぶひ子が向きを変え、こちらに向かってきた。突進してくるぶひ子を抱きかかえた。

「楽しいか、ぶひ子？」

ぶひ子がぶひぶひ鳴いた。

「そうか。おれも楽しいぞ」

ぶひ子を地面におろし、わたしは回れ右して駆けだした。

「追いかけっこだ、ぶひ子。追いついてみろ」

振り返りながら叫んだ。ぶひ子も駆けだした。すぐに追いつかれる。運動不足の中年男はぶひ子の敵ではなかった。

それでもわたしは走った。息が上がるまで走り続けた。速度が落ちるとぶひ子がわたしの脚に飛びついてくる。

ぶひ、ぶひ、ぶひ

秋晴れの空の下、ぶひ子の鳴き声が響き渡る。

「ぶひ、ぶひ、ぶひ」

ぶひ子を真似《まね》て鳴いてみた。

最高に気分がよかった。

＊＊＊

結局、下の公園に戻ることはやめにした。ここの方が見晴らしがいいからと自分に言い聞かせはしたのだが、要はガソリンが減るのが嫌なのだ。

日が暮れるのと同時に気温がどんどん下がっていくのが感じられたが、水はポリタンクにたっぷり用意してあるし、わたしとぶひ子の食料も問題はなかった。なにより、まだ栓を開けていない焼酎の一升瓶があった。

ガスコンロで湯を沸かし、焼酎のお湯割りとカップ麺を作った。コンビニで買った唐揚げとサラダをお供にカップ麺を啜り、焼酎で胃に流し込む。ぶひ子はとうに食事を終え、夢の世界に潜り込んでいた。

カップ麺の汁を最後の一滴まで啜り、焼酎を飲み干すと身体がかなり温まった。火照《ほて》りをしずめようと車外に出た。星空が綺麗《きれい》なのではないかと思ったのだ。だが、夜空はいつの間にか雲に覆われていた。月さえ見えない。

「昼間はできすぎだったかな……」

車内に戻り、もう一杯焼酎のお湯割りを作った。ぶひ子が目を開けたが、またすぐに眠りに戻っていく。

規則正しく上下するぶひ子の身体にそっと手を置いた。ぶひ子は温かかった。温《ぬく》もりの塊だった。ぶひ子のエネルギーが掌を通してわたしに伝わってくる。ぶひ子の鼓動を感じることができる。

わたしは焼酎を啜り、目を閉じた。ぶひ子の鼓動に呼吸を合わせた。やがてぶひ子の鼓動とわたしの呼吸が完全にシンクロした。穏やかで静かな時間がただ流れた。

頰を生暖かいものが伝っていった。

わたしは自分でも気づかぬうちに泣いていた。悲しかったからではない。幸せすぎて泣いてしまったのだ。

「おまえは人間が憎くないのか？」

わたしは低い声で言った。ぶひ子を起こしたくなかった。しかし、訊かずにもいられなかった。

「おまえは人間に捨てられたんだぞ。おれと会わなかったら死んでたかもしれない。それなのに、どうして同じ人間のそばでそんなにも無防備に眠れるんだ?」

当然ながら、返事はない。ぶひ子は穏やかな寝顔で穏やかな寝息をたて穏やかに眠っていた。

4

手をなにかで引っ掻かれるような感覚を覚え、わたしは目覚めた。ぶひ子がわたしの手を前脚で突《つつ》いていた。尿意をもよおしたのか、あるいは空腹を訴えているのか。

どうやら焼酎を飲みながら眠ってしまったようだった。不自然な体勢で寝ていたせいで身体の節々が痛む。

まだ外は暗かった。懐中電灯代わりにスマホを使おうと手に取ったがうんともすんとも言ってくれなかった。バッテリーが切れている。

ルームライトを点《つ》けてさらに愕然《がくぜん》とした。車内が暗いのは夜が明けていないからではなかった。窓という窓が雪で覆われていた。

「なんだよ、これ」

ドアを開けた。雪の塊が車内に飛び込んでくる。駐車場にはシャーベット状の雪が四、五センチほど積もっており、雪はさらに降り続けている。

「昨日はあんなに晴れていたのに……」

呟きながら、夜空に雲が広がっていたことを思い出した。雨になるかもしれないとは考えた。だが、ここは標高千五百メートルを超える高地だ。この時期、雪が降ることを考慮しておくべきだった。

おそるおそる外に出た。靴底に踏まれた雪がしゃりしゃりと音を立てた。夜はとうに明けているようで、分厚い雲の向こうがほんのりと明るかった。

「参ったな……」

わたしは頭を掻いた。ハイエースのタイヤはノーマルだし、もちろん、チェーンなど積んではいない。都会のよく整備された道しか走らせたことがないのだ。このシャーベット状の雪が積もる峠道をノーマルタイヤで下るのは自殺行為に等しい。

そう考えて思わず苦笑した。ほんの数日前には自殺するつもりだったのに、今では死を恐れている。いや、死はそれほど怖くない。恐ろしいのはぶひ子と別れなければならないことだ。

振り返った。ぶひ子は助手席のシートの上で行儀よくわたしの声がかかるのを待っていた。

これほど聞き分けのよい愛くるしい犬を、どうして捨てることができたのだろう。それも、死んでしまうかもしれないような状況で、だ。人間という種の残酷さは罪深すぎる。

「おいで」

わたしの声が終わる前にぶひ子は車から飛び降りた。雪の匂いを嗅ぎ、きょとんとした顔をし、ぶひぶひ鳴いた。

「雪、初めてか？　犬は雪が大好きなんだろう？」

わたしは素手で雪をすくい取った。湿った冷たい感触に指先が痺《しび》れた。

「ほら」

軽く握った雪の塊をぶひ子に向かって放ってやった。ぶひ子が塊に向かって跳んだ。表情が歓喜に彩られている。空中の塊を口でとらえようとしたが、ジャンプするタイミングが早すぎて塊はぶひ子の頭上を越えて背後に落ちた。ぶひ子は着地するとすばやく向きを変え、走った。だが、塊はすでに潰れて周りの雪と同化している。あるはずのものが見つからずに、ぶひ子は地団駄を踏むような仕種を見せた。

わたしはまた雪をすくった。

「ぶひ子、こっちだ」

ぶひ子の右側に雪を放った。ぶひ子が走った。今度は上手に口でキャッチする。

右に、左に、わたしが投げるたびにぶひ子の身体が躍動し、雪の塊がぶひ子の口元で弾けた。

「これはどうだ、ぶひ子」

わたしは両手で雪を丸めた。それを空高く放り投げる。雪玉が落ちてくるタイミングに合わせてぶひ子が垂直に跳んだ。たわめていたバネのエネルギーが一気に解放されたかのような跳び方だった。その美しさに思わず見とれてしまった。

するとぶひ子がぶひぶひ鳴きながらわたしの方に駆け寄ってきた。

もっと遊ぼう！

そう催促しているのだ。

「よし。せっかくの雪だ。へたばるまで遊ぶか」

わたしはまた雪をすくい取り、投げた。ぶひ子がロケットのように飛び出していった。

＊＊＊

一時間近く遊んだだろうか。ぶひ子の激しい息遣いが止まらなくなったところで遊びを切り上げた。ぶひ子はまだ遊び足りなそうだったが、舌がだらりと口から伸びたままで、その先端からぽたぽたと涎《よだれ》が落ちていた。犬の生態には無知なわたしにも、これ以上は無謀に思えた。

なにより、わたしの身体がもう保《も》たない。雪が降りしきる寒さの中、手袋もはめずにぶひ子と遊んでいたのだ。指先がじんじん痛んで言うことを聞かなくなっていた。

ぶひ子を車に乗せ、エンジンをかけた。ガソリンをケチっている場合ではない。わたしの身体は冷えきっており、一刻も早く暖を求めている。吹き出し口から流れてくるエアコンの暖気で指先を温めた。痛みが増していき、それがピークを越えると今度は指先が痒くなってきた。霜焼けだ。

ぶひ子は助手席で荒い呼吸を繰り返していた。

「だいじょうぶか？」

声をかけるとぶひ子は真っ直ぐな目をわたしに向けてくる。食事を待っているのだろう。だが、呼吸がある程度おさまるまで待った方がいいような気がして、とりあえず水だけを与えた。器に注いだ水を、ぶひ子は一気に飲み干した。

「いくら雪が好きだからって、そんなに喉が渇くまで遊ぶこともないだろう」

もう一度注いでやった水もあっという間に空になった。

「犬は喜び、庭駆《か》けまわり、か。あれは本当だったんだな。とにかく、少し休め」

わたしはぶひ子を赤子のように抱き、あやす真似をした。

「ぶひ子ちゃんのご機嫌はいかがでちゅか？　ぱぱでちゅよー」

人の目を気にする必要はなかったから、思う存分やりたいことができる。長男を授かったときも、こうやってあやしたものだ。だが、その長男は成長して生意気な口をきくようになり、母親に同調してわたしを非難するようになってしまった。

「おまえは違うよな、ぶひ子。ああはならないだろう?」

ぶひぶひ――ぶひ子は鳴き、わたしの鼻を舐めた。

なんと愛くるしい存在なのだろう。もっときつく抱きしめたかった。ぶひ子と同化してしまいたかった。

だが、わたしはそうする代わりにぶひ子を助手席に戻した。スマホのバッテリーが切れていることを思い出したのだ。エンジンをかけているあいだにある程度充電しておく必要があった。

充電器はいつも助手席のサイドポケットに放り込んであった。シガーソケットに取り付けるアダプタも一緒だ。

「あれ?」

アダプタはあったが、充電器が見つからない。なにかの拍子に床に落としたのだろうか。懐中電灯で助手席のシートの下を照らしてみた。あった。だが、ぼろぼろだった。

「ぶひ子……」

わたしは拾い上げた充電器を呆然と見つめた。わたしが寝ている間に、退屈を持てあましたぶひ子が玩具《おもちゃ》代わりに噛んだのだろう。充電器は原形を留《とど》めないほどに変形していた。

わたしが手にした充電器をぶひ子が噛もうとした。

「こら。こういうのを玩具にしちゃだめだ」

ぶひ子と出会ってから、初めて怖い声を出した。ぶひ子が身を縮めた。おどおどした視線を左右に走らせている。その姿が可哀想でゆるしてやりたくなる。だが、わたしは心を鬼にした。

「玩具以外のもので遊んじゃだめだ。いいな、ぶひ子?」

ぶひ子は上目遣いでわたしを見つめた。わたしはぷいと横を向いた。もう怒りは消えていたが、ここで甘い顔を見せるわけにはいかない。それに、これからのことを考えねばならなかった。

電話が使えないということは助けを呼べないということだ。水と食料には余裕があったが、このまま雪が降り続けば何日も下へ降りられなくなる可能性があった。

試しにハイエースを動かしてみた。平坦な場所はなんとか進むが、少しでも勾配があるとハンドルが取られる。シャーベット状の雪が摩擦係数を限りなくゼロに近づけているのだ。やはり、この状態ではあの坂道を下っていくのは無理だった。

ラジオをつけ、天気予報をやっている局を探した。寒波の南下に伴って列島を低気圧が通過しており、山沿いでは今夜から明日にかけて積雪に注意しろという気象予報士の声が車内に流れた。

「マジか……」

腕組みをしてどうすべきか考えていると、ぶひ子がわたしの太股に乗ってきた。右の前脚でわたしの腕を引っ掻くような仕種を繰り返した。

「なんだよ。謝ってるつもりか？」

わたしは思わず微笑んだ。なにをするにも不格好で、しかし、たまらなく愛くるしい。

「そういえば、朝飯がまだだったな」

後部に移動し、食事の支度をはじめた。ぶひ子が落ち着きなく動き回る。ぶひ子の器にドッグフードを入れて与えてやった。わたしはといえば、いつもと代わり映えのないカップ麺の朝食だ。軽井沢のホームセンターで安売りしていたものを段ボール一箱、まとめて買ったのだった。

食事を終えたぶひ子がソファベッドに飛び乗り、わたしに身体を押しつけながら仰向けになった。腹を見せてしきりに身体を揺すっている。どうやら撫でてくれと訴えているらしい。腹に手を置いてやるとぶひ子はぶひぶひと嬉しそうに鳴いた。

「嬉しいのか？」

ぶひぶひ

「こんなことがそんなに嬉しいのか？」

ぶひぶひ

「そうか。こんなことで喜んでもらえるならおやすいご用だ」

わたしは右手でぶひ子の腹を撫で、左手でカップ麺の汁を一気に飲み干した。空になった容器を足もとに置き、今度は両手でぶひ子の全身を撫で回してやった。

ぶひぶひ、ぶひぶひ

ぶひ子の声のトーンが跳ね上がっていく。声だけではない。ぶひ子は全身をくねらせて喜びを表していた。彼女の歓喜が体温に変わり、掌を通じてわたしにも流れ込んでくる。

どうにでもなれ。

ぶひ子を撫で続けながら思った。悩んでもどうにもならないことは悩んでもしかたのないことだ。そんなことに思い煩うより今を楽しんだ方がいい。わたしとぶひ子、ぶひ子とわたし。死の淵《ふち》でさまよっていたひとりと一匹が巡り会えた幸運を甘受すればいいのだ。

一日三食カップ麺の生活が数日続いたところでかまいはしない。ぶひ子は毎日ドッグフードだけを食べているではないか。

雪が降ったところでどうということはない。永遠に降り続けることはないのだ。待っていればやがては晴れ、雪もとける。

ガソリンがなくなったからといって死ぬわけではない。雪がとければ徒歩で麓まで降りていくこともできる。軽井沢でやったように臨時の仕事を見つけ、働けばいいのだ。

わたしはぶひ子を抱き上げ、温かい身体に頬ずりをした。

「ありがとうな、ぶひ子」

仕事と家庭を失ってからは自分の身に起こるありとあらゆることをネガティブにしかとらえられなくなっていた。今は違う。どんな苦労も困難もポジティブにとらえることができる。

ぶひ子がいるからだ。ぶひ子がわたしに陽性のエネルギーを与えてくれるからだ。後先のことなど考えなくていい。今、この瞬間を生きよう。精一杯、ぶひ子と共に生きるのだ。

「もう一回、雪遊びするか？」

わたしはぶひ子に訊いた。ぶひ子が四肢をばたつかせた。もう、雪という言葉を覚えたのだ。

「よし、遊ぼう」

わたしはぶひ子と一緒に外に出た。

5

午前中、一度はあがった雪が、日が陰る辺りからまた降りはじめた。

雪遊びにも飽き、どこかの変わり者が車でここまで上がってこないかと待ち続けたが、期待は裏切られた。

ここでは雪だが、山の麓では雨が降っているに違いない。地元の人間だって、まだタイヤをスタッドレスに替えてはいないだろう。こんな天気の日にここまで車で来ようと思う人間がいるはずもない。

冷え込みが厳しい。ガソリンを節約するため、車に積んであった防寒着を着られるだけ着込み、さらにその上から毛布を羽織った。懐に抱いたぶひ子は生きている湯たんぽだ。

ガスコンロで沸かした湯を魔法瓶に移し替え、わたしは焼酎のお湯割りを作った。それをちびちび飲みながらぶひ子に語りかける。

「ぶひ子、おまえは一体何歳なんだ?」

ぶひぶひ

「兄弟はいるのか?」

ぶひぶひ

「おれのことが好きか？」

ぶひぶひ

はたから見ればろくでもない酔っぱらいの行動だろう。だが、わたしが語りかけるだけでぶひ子の目が輝くのだ。やめようにもやめられない。

ぶひ子はわたしに語りかけられること、わたしに撫でられることを懸命に求めてきた。この数年、だれかにこんなにまで必要とされたことはない。

そして、わたしもまた切実にぶひ子を必要としていた。ぶひ子と出会ったから明日を夢見ることができるようになったのだ。ぶひ子がいるからこんな状況下にあっても明るい心持ちでいられるのだ。

「おまえみたいな可愛いやつを捨てるやつがいるなんて信じられん」

わたしはお湯割りを啜った。

「まあ、おれも家族に捨てられたんだがな」

酔いがゆっくりと穏やかに回りつつある。ここ数年は浴びるように飲むだけで酔いを楽しむ余裕さえなかった。手っ取り早く酔っぱらい、手っ取り早く辛い現実から逃げ出したかったのだ。そのために飲んだ。酔った。酔えば酔うほどに妻と息子の気持ちがわたしから離れていくことにも気づかずに。

「おれは馬鹿だったから捨てられたんだが、おまえは違うな、ぶひ子。おまえを捨てた人間どもの方が馬鹿なんだ」

わたしは自分の言葉にうなずき、また焼酎を啜る。その間、ぶひ子はぶひぶひ鳴きながら身体をくねらせた。

「うん？　トイレか？」

床にそっと置いてやると、ぶひ子は車のドアを引っ掻きはじめた。

「わかったわかった。ちょっと待て」

わたしはダウンジャケットのジッパーをあげ、車のヘッドライトを点けた。光線の中に雪が浮かび上がる。ドアを開けると冷気が吹き込んできた。

積雪量はそれほどでもなかった。地面に落ちるそばからとけていくのだろう。それでも、車を運転する気にはなれなかった。

ぶひ子が車を飛び降り、てけてけと駆けていった。

「あんまり遠くへ行くなよ」

ぶひ子と一緒に外に出るつもりだったのに、空気の冷たさに怯んでしまった。吐く息が白く、雪が冷ややかに舞っている。

寒さに震えながら待っていると、湿った雪を踏みしだく足音が聞こえてきた。やがてぶひ子の姿が見えた。ぶひ子は車に飛び乗ると、わたしの脚にしがみついてきた。

「偉いな、ぶひ子」

わたしはドアを閉め、ぶひ子を抱き上げた。ぶひ子の身体はうっすらと濡《ぬ》れていたがかまいはしない。

「おれの言ったことがわかったんだな。オシッコ済ませたら、すぐに戻って来た。お利口さんだ。ほんとにいい子だ」

心の底からそう思い、優しくぶひ子の身体を撫でてやる。ぶひ子が舌を出して動かした。ぶひ子を持ち上げ、顔をわたしの顔に近づけてやる。ぶひ子がわたしの口を舐めた。ぶひ子の舌は温かく、柔らかい。

「そんなに舐めるとおまえまで酔っぱらっちゃうぞ」

ソファベッドに腰を下ろし、ぶひ子を太股の上に置いた。

「もう、寝ようか」

問いかけるとぶひ子が目を閉じた。ルームライトを消し、ぶひ子を抱いたままソファベッドに横たわった。

静かだった。騒音はもちろん、風の音もしない。聞こえるのはぶひ子の寝息だけだ。ぶひ子はわたしを信頼し、安心しきって眠っている。

わたしは幸せで満ち足りていた。

このまま時が止まってしまえばいいのに。半ば本気でそう考えていた。

＊＊＊

「参ったな……」

ぶひ子と共に車から降り、わたしは頭を掻いた。積雪は五センチぐらいでしかないが、山も森も白一色に塗り潰されている。

「今日中にとけてくれるかな？」

用を足すために駆けだしたぶひ子の後ろ姿を眺めながら運転席に回り、エンジンをかけた。車内は冷え切っている。ダッシュボードの外気温計はマイナス四度と表示されていた。

「氷点下か……」

ラジオをつけ、天気予報をやっている局を探した。

季節外れの寒波が三日ほど居座りそうだと気象予報士が語っていた。もう雪は降らない。だが、寒さは続く。

もう一度外に出た。積雪の状況を確かめる。重く湿った雪の下にシャーベット状にとけた雪が残っている。

ぶひ子がウンチをしていた。コンビニのレジ袋を持ってぶひ子に近づいた。右足が滑って転びそうになった。

転倒するのを堪《こら》えようと左足で踏ん張った。それがいけなかった。左膝に激痛が走り、体重を支えられなくなって仰向けに倒れた。背中にも衝撃が走る。

倒れたまま痛みが鎮まるのを待った。背中の痛みはすぐに薄れたが、膝の痛みはなかなか消えなかった。

ぶひ子が飛んできた。狼狽《ろうばい》しながらわたしの周りをぐるぐる回っている。

「落ち着け、ぶひ子。おれはだいじょうぶだから」

ぶひ子をなだめるために身体を起こそうとして呻《うめ》いた。少しでも脚を動かすと痛みが酷くなる。靭帯《じんたい》を傷めたのかもしれない。

ぶひ子がぶひぶひ鳴きながらわたしの鼻を舐めた。心配しているようでも、なにを馬鹿なことをしたのかと叱っているようでもあった。

「ありがとう、ぶひ子」

右手を地面につき、なんとか身体を持ち上げた。雪の冷たさに指先が痛みを感じる。苦労して立ち上がり、身体についた雪を払った。ぶひ子がじっとわたしを見上げている。

「だいじょうぶだって言っただろう。そんなに心配するな」

左足を引きずりながらぶひ子のウンチを処理し、車に戻った。痛みは引くどころか酷くなっていく。ソファベッドに横たわりしばらく様子を見てみたが痛みは消えなかった。

「参ったな……」

このまましばらく雪がとけなければ、ぶひ子と共に徒歩で麓まで降りることも考えていた。食料と水が尽きればそうするほかないのだ。だが、この足ではそれもできそうにない。

ぶひ子にドッグフードと水を与え、また横たわった。痛みだけではなく、悪寒にも襲われた。毛布にくるまり、目を閉じた。眠れば痛みと悪寒から解放されると思ったのだ。だが、痛みは激しさを増すばかりで眠気は一向に訪れる気配がなかった。

「参ったな……」

わたしはまた呟いた。食事を終えたぶひ子がソファベッドに飛び乗ってきた。ぶひ子を毛布の中に招き入れ、そっと抱きしめた。ぶひ子の温かさが悪寒を和らげてくれる。

それだけが救いだった。

それだけでいいと思った。

＊＊＊

いつの間にか微睡《まどろ》んでいたらしい。喉の渇きで目が覚め、不用意に身体を起こして激痛に声を漏らした。悪寒はおさまっていたが、左膝の痛みはまだ続いていた。ぶひ子が不安そうなまなざしをわたしに向けていた。

腕時計を覗《のぞ》くと、時刻は午後一時を回ったところだった。四時間以上寝ていたことになる。

寒さに震えながらズボンとアンダーウェアを膝下までおろした。膝の周辺が腫れていた。

「参ったな……」

わたしは午前中と同じ言葉を繰り返した。中学、高校とラグビー部に所属していた。あれは高校二年だったが、練習中にスクラムを組んだ時に左膝に激痛が走ったのだ。半月板損傷。何度も治療を重ねたが、一度壊れた膝が完治することはなく、ふとした拍子に水が溜《た》まるようになってしまった。

ラグビーをやめてからはそんなこともなくなった。要するに運動をしなくなったからだ。だが、膝に爆弾を抱えていたことに変わりはない。

タオルを水で濡らし、膝に巻きつけた。意味があるとは思えないが、なにかをせずにはいられなかったのだ。気温は低いままだ。雪がとけるにはしばらくの時間がかかるだろう。

ぶひ子が外に出たがっていた。トイレだろう。ドアを開けてやると、ぶひ子は飛び出ていった。

激しい空腹を覚えた。昨夜からなにも食べていないのだから当然だ。左膝に負荷をかけないよう気を使いながらケトルに水を入れてコンロにかけた。ポリタンクの中身は半分ぐらいに減っていた。今日一日は保つだろうが、それ以上となると心許《こころもと》ない。明日までに雪がとけてくれるよう祈るほかなかった。

湯が沸く間に排泄《はいせつ》を済ませようと外に出た。ぶひ子がウンチをしていたら、それの始末もしなければならない。

見える範囲にぶひ子の姿はなかった。

「ぶひ子、どこだ？」

声を出しながら車から離れた。雪に刻まれたぶひ子の足跡を追う。足跡は道路に向かってまっすぐ続いていた。途中で排泄した様子もない。

「ぶひ子」

声のトーンを上げた。不安が広がっていく。尿意も空腹も忘れて足跡を追った。なにか事故でも起きたら——そう考えるといてもたってもいられない。

足跡は駐車場の敷地を横切り、道路へと続いていた。足の運びに迷いは見られない。ぶひ子は車を降りるなり一目散に駆けだしたのだ。

小動物でも見つけてそれを夢中になって追いかけたのだろうか。それともほかの理由があったのか。

道路に出るといきなり勾配がきつくなる。左足がろくに使えず、おまけに足もとはただのスニーカーだ。右足に体重をかけるとずるずると滑っていく。

「ぶひ子！」

声を限りに叫んだ。だが、ぶひ子の姿は見えず、わたしの声は無意味に谺《こだま》するだけだった。

「ぶひ子、戻って来い」

叫びながら坂を下った。右足が滑る度に左足をつく。その度に膝に痛みが走った。

「ぶひ子、どこへ行ったんだ」

それでも足跡を追った。ぶひ子になにかあったら――膝の痛みなどかまいはしなかった。

「ぶひ子」

勾配がさらにきつくなったところで右足が大きく流れた。バランスを失って尻餅をついた。衝撃が尻から脚へと流れ、左膝で爆発した。わたしは左膝を抱えて呻いた。

「ぶひ子……」

痛みに涙が流れてくる。

「ぶひ子、戻って来い……」

歯を食いしばり、痛みを堪え、もう一度叫ぶ。

「ぶひ子！」

しばらくそのままの体勢で待ったがぶひ子は現れなかった。痛みと共に忘れていた空腹と尿意がよみがえった。

突如、ケトルをコンロにかけたままだったことを思い出した。

「くそっ」

わたしは雪の上を這《は》いずって車に戻った。

6

日が暮れようとしている。雪はとけず、ぶひ子も戻って来なかった。何度か足跡を追いかけようと試みたが、その度に途中で足を滑らせて転び、膝の痛みと寒さに耐えきれなくなって駐車場に戻って来た。

ぶひ子が戻って来た時に迷わぬようにと車のエンジンをかけ、ヘッドライトを点《とも》した。

それでもぶひ子は戻って来ない。

車内はほどよく暖まっていたが、わたしは頭から毛布を被っていた。ぶひ子が戻って来たらすぐに気づけるようにと目だけを出していた。だが、時間が経つにつれわたしの目はぶひ子ではなく焼酎の一升瓶を見つめるようになっていった。

また捨てられたのだ。情けない姿にぶひ子も呆《あき》れて愛想を尽かしたのだ。不安が惨めさに取って代わり、憂鬱《ゆううつ》が心を覆っていく。こんな時はいつだって酒に逃げてきた。今も飲みたくてたまらない。

だが、目を閉じれば瞼《まぶた》に浮かぶぶひ子の顔がわたしを引き留めていた。ぶひ子が戻って来た時に酔い潰れていたらどうするのだ。せめて起きていなければならない。ぶひ子を車の中に入れてやるのだ。飲むのはそれからでいい。

酒瓶を見つめたまま、揺れ動く自分の心と闘った。

ぶひ子になにか起きたのだ。いや、違う。おまえはぶひ子に見限られたのだ。

夜がゆっくりと押し寄せてきた。このままエンジンをかけっぱなしにしておくわけにもいかない。エンジンを切り、ヘッドライトを消した。闇がわたしを押し包んだ。

右手には小型の懐中電灯を握っている。闇の濃さに明かりをつけようと思い、すぐに考え直す。明るくなれば酒瓶が目に入る。酒瓶を目の前にして朝まで飲まないでいる自信がなかった。

そう。わたしはアルコール依存症だ。

会社の経営が傾きはじめたころから酒が手放せなくなり、家庭内に隙間風が吹きはじめるといっそう酒を求めた。酔うと意固地になり、自意識過剰になり、被害妄想が膨らんで、妻を罵った。妻しか罵る相手がいなかったのだ。家の外での鬱憤《うつぷん》をすべて妻にぶつけ、妻に反論されると狼狽《うろた》え、さらに酒を飲んだ。

やがて息子までがわたしを侮蔑の目で見るようになり、それが辛くてまた酒を飲み、会社に出勤しても酔いが醒《さ》めず、ミスを繰り返し、やがて取引先からも愛想を尽かされた。

すべてを他人のせいにしてきた。自らを省みることなく酒に溺れた。

本当は自分が悪いのだ。経済の流れを読み誤って会社に損害を与えたのはわたしだ。気遣ってくれた妻に罵声を浴びせたのはわたしだ。息子に軽蔑されるようになったのもすべてわたし自身のせいだ。

今ならそれがわかる——いや、認めることができる。

ぶひ子が氷のように固まっていたわたしの心をとかしてくれたのだ。

ぶひ子が戻って来たらきっぱりと酒をやめよう。

そう思った数秒後には違うことを考えている自分がいた。

戻って来るもんか。おまえはぶひ子にも捨てられたんだ。おまえがすがれるのは酒だけだ。飲め。飲んでしまえ。正体なく酔い潰れたところで、だれに迷惑をかけるわけでもない。

「だめだ」

わたしは叫び、毛布をはねのけた。懐中電灯を点け、外に出る。無数の星がわたしを見おろしていた。

「ぶひ子」

星々に向かって叫んだ。

「ぶひ子、戻って来い。おれにはおまえが必要なんだ」

力の限り叫んだ声は星空に吸い込まれていく。

「くそ」

車の中に身体を突っ込み、焼酎の一升瓶を摑んだ。

「決めた。もう飲まない。もう二度と酒には逃げない。だから、戻って来てくれ、ぶひ子」

焼酎の瓶を力一杯地面に叩《たた》きつけた。ガラスが割れ、焼酎が飛び散る。芋焼酎の強い香りが辺りに立ちこめた。

「どうだ」わたしはまた叫んだ。「ぶひ子、おれはもう飲まないぞ。だから、早く戻って来い」

星々がわたしの必死の願いを嘲笑《あざわら》うかのように瞬いていた。

＊＊＊

寒さに耐えきれず、車に戻って頭から毛布を被った。

無性に酒が飲みたかったが、もう、酒はない。

何度目かの溜息をつき、自分を嘲笑う。

ぶひ子は戻らず、酒もない。

因果応報。すべては自業自得なのだ。それを認められるようになっただけでよしとするしかない。

酒の代わりにお茶を飲んだ。ティーバッグの緑茶だ。夜が更けるにつれ風が強まっている。この雪をもたらした低気圧が北海道に近づくにつれて大型化し、冬型の気圧配置が強まっていると気象予報士がラジオで話していた。

風に混じってなにかの音が聞こえた。

空耳だろう。酒が飲みたいのを堪えるあまり、ありもしないものを夢想するようになっていた。広くて暖かい居間。柔らかな妻の笑い声。息子の顔に浮かぶ照れ笑い。そしてぶひ子。不格好にどたどたと走るその姿。口から垂れたままの舌。楽しさにきらきらと輝く目。

わたしの家に最初からぶひ子がいたら、こうはなっていなかったのではないかと思う。

わたしも妻も、そして息子も、心に鬱屈をため込むことなく、ぶひ子の愛くるしさに癒されていたのではないだろうか。

どうして犬を飼わなかったのだろう。どうしてわたしはあんなにも頑《かたく》なで無知だったのだろう。

またなにかが聞こえた。

空耳ではない。風の音に混じって、なにかが坂道を登ってくる。

目を凝らした。駐車場の向こうがほんのり明るく輝いている。時間が経つにつれ、その輝きは強さを増していった。

「車？」

耳を澄ました。間違いない。近づいてくるのはエンジン音だ。輝いているのはヘッドライトの光だろう。

わたしは慌てふためきながら車の外に出た。風は強く冷たかったが、エンジン音がよりはっきり聞こえた。懐中電灯を点け、道の方を照らした。

酒のことは頭から吹き飛んだ。寒さも気にならなかった。

車の主にわけを話し、ぶひ子を捜しに行けるかもしれない。ぶひ子にもう一度会えるかもしれない。

頭の中で渦巻いているのはそれだけだった。

エンジン音がどんどん近づいてくる。光がどんどん強くなっていく。

辛抱できず、左足を引きずりながら駐車場を横切った。

濃い闇を切り裂くように一台の四駆が姿を現した。所沢ナンバーだった。わたしは激しく両腕を振り回した。

「すみません。すみません!」

四駆がゆっくりこちらに向かってくる。車内の様子はうかがえない。

「停まってください。お願いします」

腕を振りながら何度も頭を下げた。四駆の速度がさらに落ち、わたしの数メートル手前で完全に停止した。

運転席のドアが開いた。黒い影が飛び出てきた。

ぶひ子だった。ぶひぶひ鳴きながら、どたどたしながら駆け寄ってきてわたしの脚に飛びついてくる。

「ぶひ子」

わたしは腰を落とし、ぶひ子を抱き上げた。ぶひ子は口の周りに泡を溜め、四肢を激しく振り回した。

「どこに行ってたんだ。どれだけ心配したと思ってる」

ぶひ子の身体に頬ずりした。温かい身体と懐かしさすら感じる体臭に涙がこみ上げてきた。

「やはり、飼い主さんがいらしたんですね」

頭上からかけられた声に顔を上げる。わたしと同年配の男がわたしを見おろしていた。

「すみません。ずっとこの子のことを心配していたものですから」

「この子もあなたのことを心配していたみたいですよ」男が言った。「写真が趣味でしてね。この寒波が過ぎ去れば、いい雲海が出て富士山が引き立つと思って埼玉から高ボッチを目指してきたんですが……そろそろ登りにさしかかるというところで、この子が急に飛び出てきまして」

ぶひ子は麓まで降りていったのだ。わたしはぶひ子を抱いたまま立ち上がり、深々と頭を下げた。

「ありがとうございます」

「首輪もリードもないし、迷い犬か捨てられたものだと思って、近隣の保護団体に預けようと思ったんですがね。車を反対方向に走らせようとするとこの子が暴れるんです」

男はぶひ子を指差して微笑んだ。

「そうだったんですか……」

「それでもしかして上の方にだれかいるのかな、と。雪の上に車の通った跡もないんでどうかなとは思ったんですが、どっちにしろ上まで登って日の出を待つつもりだったので、とりあえず行ってみようと……なにがあったんですか？　脚を怪我《けが》されているようにも見えますが」

「面目ない話なんですが、天気のことなんかこれっぽっちも考えずに、気楽な観光気分でここまで登って来たんです。車内泊して起きたら、あたり一面雪だらけでして……」

「タイヤもノーマルで、チェーンも携行していない？」

男の言葉には非難の響きが含まれていた。

「本当に恥ずかしい話ですが、山を舐めきっていました」

「脚の怪我も雪で？」

「ええ。元々古傷を抱えていたんですが、足を滑らせて転んで、その時に」

「なるほど……寒いですから、車の中に入りませんか」

「その子にはもうご飯は食べさせてありますから」

「あ、はい」

「え？」

「ぼくにも相棒がいるんですよ」

男が指を鳴らした。四駆の開きっぱなしのドアから小型犬が顔を覗かせた。ミックス犬のようだった。

「彼のドッグフードをお裾分けしました。よっぽど腹を空かせているみたいだったので」

「ありがとうございます」

わたしはもう一度頭を下げた。

「わたしの車でどうですか？　こっちの方が中は広いので。散らかってますが」

「それではお邪魔させてもらいます」

男と共に四駆に乗り込んだ。

男が右手を差し出してきた。

「神と申します」

「兼田です」

わたしは男の右手を握った。

「この寒波は明日の午前中には抜けていきます。その後は雪もとけるでしょう。それまで、ここで頑張りますか？」

「それしか選択肢がないもので」

わたしは自嘲の笑みを漏らした。

神が右の眉を吊《つ》り上げた。

「実は、失業中なんです。実家に帰ろうと思っているんですが、先立つものがわずかしかなくて」

神は黙ってわたしの話に耳を傾けていた。

「とりあえず、こいつにご飯を食べさせてやるだけの金はあるんですが、無駄遣いは一切できない状況なんです」

「なるほど」

神は視線を移した。わたしの膝の上で丸くなっているぶひ子を見据えている。

「首の周りに傷があるようですが……」

「実は……」

わたしはぶひ子との出会いを話した。

「だいたいの事情はわかりました」

わたしが話し終えると神が口を開いた。

「お金がないとおっしゃってる方にこう言うのはなんですが、下山したら、すぐにこの子を動物病院に連れていくべきです」

「え？」

「フィラリアとウィルスの検査を受けさせた方がいい。もし、よくないものに感染していたらこの子が苦しむことになる。森の中をさまよっていたのだとしたら、野生動物の糞《ふん》などを食べていたおそれがあるから、危険度はぐっと高まる」

神の口調が変わっていた。

わたしはぶひ子に目を転じた。ぶひ子は自分の前脚を甘噛みしていた。この愛らしい存在が病魔に冒されているとはとても思えない。

「念のためです」わたしの考えを見透かしたかのように神が言った。「なにもなければそれでいい。しかし、万が一も考えなければならない。犬を飼う人間の責任です」

「責任ですか……」

「犬は無償の愛を与えてくれます」神の目は神々しいほどに真剣だった。「その愛を受け取る代わりに、飼い主はいろんな責任を負う。ご飯を食べさせる。散歩に連れていく。遊んでやる。そして、健康管理を請け負う。愛情だけじゃ充分じゃない」

わたしはぶひ子を撫でた。心の底から愛らしいと思う。ぶひ子と一緒ならどん底から這い上がろうという気力が湧いてくる。

「もしこの子がフィラリアや他のウィルスに感染していたら、一刻も早い治療が必要だ。そのために検査をする。それがあなたの責任です。運命的に巡り会ったから、可愛いから、愛してくれるから、それだけの理由でこの子を飼うのは無責任だ」

神の言葉は鋭い槍《やり》のようにわたしの心を貫いた。わたしはうなだれるしかなかった。

「わたしはこういうこともやっている」

神は財布から名刺を抜き出した。レスキュー団体という文字が目に飛び込んできた。

「飼い主が事情で飼えなくなった犬、捨てられた犬、その他諸々《もろもろ》、わたしのところで引き取って里親を捜す。どうです？　その子をわたしに預けませんか？　必ずその子を幸せにしてくれる里親を見つけますよ」

神がわたしの顔を覗きこんでくる。わたしは神を見、ぶひ子を見、また神を見つめた。

神の言う通りなのだろう。ぶひ子をすぐに医者に連れていくべきなのだ。だが、わたしにはそのための金がない。診察を受けるだけならなんとかなるかもしれないが、もし、ぶひ子がなにかの病気にかかっていたらお手上げだ。

「すみません。ちょっとオシッコをしたがってるみたいなんで、させてきます」

わたしの明らかな嘘《うそ》に、神は静かにうなずいた。わたしはぶひ子と共に神の車を降りた。

月が出ていた。雪を降らせた低気圧が去ったのだ。神の言う通り、このまま気温があがって雪もとけるだろう。

その雪を名残惜しむかのようにぶひ子が飛び跳ねた。月明かりを浴びたぶひ子の顔が輝いている。

「楽しいか、ぶひ子？」

腰を屈め、雪を手にすくって投げてやる。ぶひ子が口を大きくあけて跳んだ。跳ぶタイミングが早すぎてぶひ子が着地した後で雪がその頭上を越えていく。また雪を投げてやる。ぶひ子が早く跳びすぎてやっぱり雪は頭上を越えていく。

何度やっても同じだった。それでもわたしとぶひ子は飽きることなくその遊びを繰り返した。

「ぶひ子、おれが好きか？」

冷たさに耐えきれなくなって、わたしは雪を投げるのをやめた。ぶひ子は首を傾げてわたしを見た。もっと雪を放れと要求しているのだ。

「もうだめだよ。指先の感覚がない。これ以上続けたら、おれが凍傷になっちゃうじゃないか。おいで、ぶひ子」

両手を広げるとぶひ子が駆けてきた。ぶひ子を抱き上げ、その温かい身体に頬ずりした。この数日の記憶が頭の中を駆け巡る。

離れがたい。ぶひ子と別れるのは身を切り裂かれるのと同じだ。それでも、わたしはわたしの責任を全うしなければならない。

涙が溢《あふ》れてきた。ぶひ子が不思議そうな目でわたしを見た。それから、首を伸ばしてわたしの頬を伝う涙を舐めた。

ぶひ子の舌は柔らかく温かかった。

わたしはぶひ子をそっと抱きしめ、彼女の耳元で囁《ささや》いた。

「ごめんな、ぶひ子。ゆるしてくれ。おまえのことは一生忘れない」

ぶひ子を抱いたまま神の車へ戻った。神は目を閉じて、後部に設置したスピーカーから流れてくる音楽に耳を傾けていた。クラシックだ。メロディには聴き覚えがあるが、曲名は思い出せなかった。

「お待たせしました」

神が目を開けた。わたしがこれまでの人生で一度もお目にかかったことのないような柔和な表情が浮かんでいた。

「心が決まりましたか?」

「ええ。この子をお願いします。必ず幸せにしてやってください」

わたしは深々と頭を下げた。そうしたまま神の次の言葉を待ったが、神がなにかをしている気配が伝わってくるだけだった。

顔を上げた。神は財布から紙幣を取りだしていた。一万円札を五枚数えてからわたしに差し出した。

「これで、明日、この子を病院へ」

「いや、あの……」

神の言葉の意味がわからず、わたしは曖昧に首を振った。ぶひ子を引き取ると言っていたくせに、この男はなにをしているのだろう。

「あなたのこの子に対する愛情の深さと責任感はちゃんと伝わりました。あなたならだいじょうぶ。今はお金がないかもしれないが、ちゃんとこの子と暮らしていけるようになるでしょう」

「わ、わたしを試したんですか?」

「申し訳ありません」神もまた深々と頭を下げた。「あそこでなにがなんでもこの子と一緒にいると言い張るようなら、とことん説得して引き取るつもりでした。でも、あなたは自分の感情よりこの子の幸せを優先させた。もう立派な飼い主です」

　わたしは呆然としたまま神の言葉に耳を傾けた。

「月明かりのおかげであなたがこの子と遊ぶ様子もちゃんと見られた。もう強い絆《きずな》ができてるじゃないですか」

「そんなもんですかね……」

「このお金はお貸しします。ただし、あなたにじゃない。この子に貸すんです」

「しかし……」

「人に貸した金が返ってこないと腹が立ちますが、犬に貸したと思うと諦めがつく。そういう因果な性格なんです」

　神の顔に柔和な笑みが浮かんでいた。気がつけば、口調が元に戻っていた。

「いつか余裕ができたら返してください。この子と幸せに暮らしている写真を添えて。どうです?」

「本当に明日、動物病院へ連れていくべきなんですね?」

「ええ。この子が捨てられていた状況から考えると、身体に異常がなかったとしても狂犬病とその他のワクチンも打ってもらうべきです。酷い飼い主だとなにもしていない可能性もある。それからフィラリアの薬。もうすぐ冬になるけれど、念のため、二ヶ月分を処方してもらった方がいい」

「ワクチンですか……」

「ワクチンは二、三年に一度打てばいいとわたしは思ってますが、狂犬病のワクチンだけは、法律で年に一度接種させなければいけないと決まっているので。製薬会社と獣医の儲《もう》けを確保するための法律ですがね、違反するわけにもいかない」

苦笑する神にわたしはまた頭を下げた。

「ありがたくお借りします。時間はかかるかもしれませんが、必ず返しますので」

「幸せにしてあげてください。そして、あなたも幸せになってください。飼い主が幸せなら、犬も幸せなんです」

神の言葉が胸に染みいってくる。わたしはぶひ子を膝の上に乗せ、何度も何度も撫でた。

ぶひ子が神を連れてきたのだ。わたしを救ってくれたのだ。

「ありがとうございます。見ず知らずの人間に、本当にありがとうございます」

「この子がいるからですよ」神が笑った。「犬を連れていなければ、どんなに困っていようと初めて会う人間に金を貸したりはしませんから」

「本当に犬が好きなんですね」

「犬に魅入られているんです。さあ、話がまとまったところで、どうです、冷えますから飲んで話でもしませんか？　こういう夜を乗り切るために、いつもウイスキーを積んでるんです。ホット・ウイスキー、冷える夜にはいけますよ」

わたしは首を横に振った。

「申し訳ありません。酒を断っているんです」

嘘ではない。酒をやめるとわたしは決めたのだ。ぶひ子のためならやめられる。強い確信があった。

「そうですか。なら、コーヒーでも淹《い》れましょう」

神は微笑みながらお湯を沸かす準備をはじめた。

7

朝、目覚めると神の車が消えていた。朝焼けと雲海、それに富士山を絡めた写真を撮った後は、また別の撮影地に移動すると言っていたからそこへ向かったのだろう。

辺りを覆っていた雪はあらかたとけていた。気温がぐんぐん上がっているのが実感できる。

ぶひ子と車を降り、散策を兼ねて見晴の丘へ向かった。冠雪した富士山が雲の上に浮かんでいた。その凛々《りり》しさ、神々しさに思わず溜息が漏れた。富士山がわたしとぶひ子の再出発を祝ってくれているような気がして、思わず手を合わせて拝んだ。

ぶひ子は終始上機嫌だった。嬉しそうにわたしの後を歩き、嬉しそうに排泄し、嬉しそうにご飯を食べた。

そんなぶひ子を見ているだけでわたしは幸せだった。

ぶひ子の食事が済むと、車を発進させた。路面はまだ濡れていたが滑ることはない。それでもわたしは慎重に車を走らせた。もう自分ひとりではないのだ。

麓まで降りると、岡谷《おかや》市内に向かった。前夜、神がこの近辺に住んでいるという知り合いに電話をかけ、評判のいい獣医を教えてもらったのだ。まず、目に留まったコンビニでスマホの電池式充電器を買い、駐車場で動物病院の電話番号をカーナビに入力した。

ぶひ子は助手席で静かに眠っている。

充電器をスマホに接続し、動物病院を目指した。診察は九時から。わたしが到着したのは八時四十五分だった。待合室にはすでに三組の先客がいた。受付で自分の名前とぶひ子の名前を書き込むと、車に戻ってぶひ子と戯れた。九時半になったところでぶひ子を抱きかかえて待合室へ移動した。すでに診察を待つ動物とその飼い主たちで待合室はいっぱいだった。評判がいいというのもうなずける。

他の犬や猫に気づいたぶひ子がわたしの腕の中で暴れはじめた。それまで静かだった待合室がざわめきだっていく。ぶひ子の興奮が他の犬猫に伝染するのだ。

「ぶひ子」わたしはぶひ子の顔を覗きこんだ。「静かに。少しの間辛抱しろ」

ぶひ子が暴れるのをやめた。わたしの意思を尊重してくれたのだ。

「いい子だ。おまえは本当にいい子だ」

わたしは誇らしい気持ちで空いている椅子に腰を下ろし、ぶひ子を太股の上に乗せた。

「いい子だ、いい子だ」

おとなしくなったぶひ子の背中をゆっくり撫でてやる。ぶひ子が満足そうに目を閉じた。

＊＊＊

血液検査の結果は数日しないとわからないが、とりあえず、ぶひ子の身体に異常は見られなかった。獣医の見立てによれば、ぶひ子は五歳前後ではないかということだった。狂犬病とその他のワクチンを打ってもらい、フィラリアの薬も二ヶ月分処方してもらった。初診料、その他を含めて三万円と少し。

神が貸してくれた金がなければ、わたしはぶひ子になにもしてやれなかった。ワクチンの接種証明書と領収書、薬を受け取り、わたしとぶひ子は病院を後にした。血液検査の結果は郵送してくれるそうだ。

エンジンをかけ、カーナビの目的地を実家に設定した。もう長いこと帰っていないのだ。道の記憶も曖昧だったし、新しい道路もできているはずだ。

スマホの充電も完了していた。実家に電話をかけようとして、電話番号を入力する手が途中で止まった。

なにから話せばいいのだろう。会社を失い、家族を失い、ホームレス同然になって今は拾った犬と一緒にいる。

そんなことを聞いたら、母はどうなるだろう。元々心配性の女性だった。彼女に余計な心配をかけまいと、なにも知らせずにいたのだ。

ぶひ子が吠えた。

「どうした、ぶひ子?」

ぶひ子はまた吠えた。うじうじ悩んでいる暇があったら、まず出発しろ。そう言っているように思えた。

「そうだな。おまえの言う通りだ」

神の言葉が脳裏によみがえった。

人間は過去のことを悔やみ、未来のことを思い悩む。だが、犬には過去も未来も関係ない。ただ懸命に今を生きているだけだ。

コーヒーを啜りながら、神はそんな内容の言葉を口にした。

あなたも過去や未来のことは忘れて今を生きなさい。

そう言われたような気がしたものだ。

理屈はわかるが実践するのは難しい。けれど、努力することはできる。

今のわたしには素直にそう思えた。

「行こうか、ぶひ子」

パーキングブレーキを解除し、アクセルを踏む。カーナビは岡谷インターから中央道に乗れと指示していた。神から借りた金がまだ残っている。下道を通ると時間がかかるし、またトラブルに巻き込まれないとも限らない。高速を走って質美を目指すことにした。

車が動き出すとぶひ子が吠えるのをやめた。背筋を伸ばし、窓の外を真剣に見つめだした。目が好奇心に輝いている。

「街中の景色が珍しいのか？」

ステアリングを操りながらぶひ子に話しかけた。返事がなくてもかまわない。独り言を呟いているよりよっぽどましだ。

「これから行くところは田舎だぞ。四方を山に囲まれた谷間《たにあい》の集落だ。田んぼと畑が広がっていて、人家は点々としてる。ガキの頃は嫌で嫌でたまらなかった」

わたしが話し出すと、ぶひ子の耳がかすかに動いた。目は外の景色に奪われているが、わたしが語りかけていることは理解しているのだ。

「大阪の大学に進学してからは、滅多に帰らなくなった。せめて盆暮れは顔を見せろと親父《おやじ》にしょっちゅう小言を言われたっけ。それでも知ったことじゃなかった。東京で就職してからは数年に一度しか帰らなくなって、独立して会社を作ってからはまったく帰らなくなった。最後に帰ったのは親父が死んだときだ」

生まれたばかりの息子の顔を見せるために帰省した時のことはよく覚えている。孫の顔もいいが、おまえの顔をもっと見たい――目に涙を浮かべた母にそう訴えられた。

それでも、母の心情を斟酌《しんしゃく》する余裕はなかった。会社の経営は火の車で、社長であるわたしには盆休みも正月休みもほとんど関係なかったからだ。

父の葬儀も、告別式に出ただけでそそくさと逃げるように質美を後にした。母のそばにいてやりたかったのだが、会社の状況がそれを許さなかった。

十八歳で大阪に出てからのこの数十年、わたしは常になにかに追われていたような気がする。それから逃げるために必死に走り続け、結局は逃げ切れずに捕まってしまったのだ。

わたしはいつも未来に対して漠然とした不安を抱いていた。会社が潰れたら路頭に迷ってしまう。だから、潰してはならないと懸命に働いた。それでも不安は消えず、いや、それどころか日々増大し、酒を飲まねば眠れなくなってしまったのだ。

そして、なにもかもを失った。わたしの人生は一体なんだったのだろう。

ぶひ子と巡り会えたことは僥倖《ぎょうこう》だ。死ぬことを決意してなお、あの時こうしていればと考えずにはいられなかったわたしに今この瞬間を見つめることを教えてくれたのはぶひ子ではなかったか。ぶひ子と散歩しているとき、遊んでいるとき、ぶひ子に語りかけているとき、ぶひ子の体温を感じながら横になるとき、わたしには過去も未来もなかった。ぶひ子が与えてくれる幸せな一瞬を嚙みしめていただけではなかったか。

今を生きよう。なにかに追い立てられる人生はもうごめんだ。故郷で田畑を耕し、母を支え、ぶひ子に支えられながら生きるのだ。

高速に乗った。スピードが上がると景色が速く流れすぎてつまらないのか、ぶひ子は助手席のシートの上に伏せ、目を閉じた。

「ゆっくり眠れ、ぶひ子。目が覚めたら、質美だぞ」

わたしは小声で呟き、アクセルペダルを深く踏んだ。

8

質美に到着したのはすでに日も沈んだ後だった。質美に来るまでは高速道路が延びていたり新しい道ができたりと様変わりしていたが、谷間に入るとわたしが暮らしていたころとほとんど変わらなかった。せいぜい砂利道が舗装路に変わっているぐらいだ。

カーナビが道を示していたが、モニタには目もくれなかった。記憶を頼りに車を走らせる。

質美八幡宮の参道を通り過ぎてしばらく走り、狭い農道を斜め右に折れたらその奥に実家がある。

実家が近づくにつれ、自分でも気づかぬうちにアクセルを踏む足の力をゆるめていた。後ろから迫ってきた車にクラクションを鳴らされてはじめて、車の速度が時速二十キロ近くまで落ちていたことに気づいた。

アクセルを踏み直す。

ぶひ子がわたしを見つめていた。一度途中のサービスエリアで散歩と食事を済ませたのだが、その後はまた眠っていた。それがいつの間にか目覚めていた。

「考えるな。当たって砕けろ。そういうことだろう、ぶひ子？」

ぶひぶひ
ぶひ子が鼻を鳴らした。そうだそうだ——背中を押されたような気がする。

ヘッドライトが斜め右へ向かう農道を照らし出した。ウィンカーを点滅させ、右折する。農道は急勾配の登り坂になり、坂を登り切ると平坦になってしばらく進むと下り坂に転じる。その手前がわたしの実家だった。

カーテンの隙間から明かりが漏れている。家の前に停まっている軽トラのシルエットが見える。家の横には納屋がある。すべてが記憶のままだ。あちこち修繕はしているはずだが、全体としての形はなにも変わっていない。

軽トラの横にハイエースを停めた。深呼吸を繰り返してからエンジンを切った。

「ぶひ子、ちょっと待っててくれ。おふくろと話をしてくる」

ぶひぶひ
ぶひ子の鳴き声を聞きながら車を降りた。気持ちが高ぶり脚の痛みが薄れていた。母は夕餉《ゆうげ》の支度をしているのだろうか。味噌汁の香りが漂ってくる。

躊躇《ためら》わずに引き戸を開けた。今を生きるのだ。

「母さん、ただいま」

声を張り上げた。包丁の音が途絶えた。

「どちらさん？」

「息子の声を忘れたのかよ」

ふいに温かい感情がこみ上げてきた。身体が震え、目頭が熱くなる。わたしは口を閉じてその感情に耐えた。

「徹《とおる》かい？」

重い足音が聞こえた。廊下に母の姿が見えた。記憶にある姿よりひとまわり小さくなっている。

「どないしたん。連絡もなしにいきなり来るなんて」

皺《しわ》の増えた母の顔には不安とわたしに会えた喜びがない交ぜになっている。涙でその表情が滲《にじ》んでいく。

「なにかあったのかい、徹？」

抑えこもうとしていた感情が毛穴のひとつひとつから漏れ出していく。耐えられなかった。わたしは母を抱き寄せ、泣いた。

母はなにも言わず、わたしの背中をさすりながらわたしが泣くに任せていた。

どれぐらい泣いただろう。やっと感情の波が収まると、わたしは母に頭を下げた。

「会社を潰した。女房と息子にも愛想を尽かされた。ここに置いてください、母さん」

「置いてくださいもなにも、ここはおまえの家やないの」

「畑を耕すよ。田んぼもやる。父さんがやってたように、おれもやる」

「お腹《なか》減ってないかい？　詳しい話は晩ご飯を食べながら……」

「母さん、新しい家族がいるんだ」

「家族？」

「ちょっと待ってて」

わたしは踵《きびす》を返し、外に出た。薄暮の中、ぶひ子が助手席で飛び跳ねているのが見えた。ドアを開けると弾丸のようにわたしの胸目がけて飛んできた。わたしはぶひ子を抱きとめた。

「ここがおれたちの新しい家だ」

ぶひぶひ　ぶひぶひ

腕の中でぶひ子が鳴く。

「精一杯愛想よくしろよ、ぶひ子」

ぶひ子を抱いたまま脚を引きずりながら家に戻った。

「母さん、この子なんだけど……」

ぶひ子を見た母の目が丸くなった。

「この子のおかげで助かったんだ」わたしは慌てて言った。

「おれ、実は自殺するつもりだった。でも、偶然この子と出会って……」

「おまえの命の恩人やないの。ありがとねえ」

母は腕を伸ばし、ぶひ子の頭を撫でた。

「名前はなんていうんや？」

「ぶひ子」

母がわたしを見た。

「命の恩人になんてひどい名前つけるんやろ」

「いや、それはその……」

母は奪い取るようにぶひ子を抱いた。

「徹を助けてくれてありがとうね。後でわたしがちゃんとしたいい名前を考えてあげるから。さ、暖かい部屋でご飯食べようね。徹――」

母がわたしに顔を向けた。

「今日はゆっくりしい。ご飯を食べて、お風呂に浸《つ》かって、ゆっくり眠って。詳しいことは明日聞かせておくれ」

「いいのかい、それで？」

「ひとり息子がさ、大切な家族を連れて帰ってきたんやないの。いいもなにもないわ」

母はそう言って、ぶひ子を抱いたまま台所へ向かっていった。

＊＊＊

神は現金書留の封を切った。中には一万円札が五枚と写真が入っていた。写真の裏側に走り書きがあった。

『神晃様　あの折には大変お世話になりました。おかげでぶひ子あらためアンズと幸せに暮らしております。お借りしたお金、お返しします。本当は利息を付けてお返ししたかったのですが、一年生の農家にはまだ余裕がありません。ご容赦を。

兼田徹』

神は写真を表にした。兼田とフレンチ・ブルドッグ、そして老齢の女性が青々とした稲穂を前に微笑んでいた。

神はうなずき、紙幣と写真を封筒に戻した。

バーニーズ・マウンテン・ドッグ
—魂の伴侶—

Bernese Mountain Dog —soul mate—

1

男は森の中をさまよっていた。樹木が鬱蒼《うっそう》と茂る中、あちこちに木漏れ日が落ちている。

この森の中でよく犬たちを遊ばせた。だが、その犬たちはもういない。

男はバーニーズ・マウンテン・ドッグという犬種と暮らしていた。スイス原産の大型犬で、黒白茶のトライカラーの被毛《ひもう》と、穏やかな性格が特徴的な犬種だ。男はこの犬種に魅了されていた。

初代の犬と二代目の犬は癌《がん》で旅立った。二頭とも、男の腕の中で息を引き取った。

「ローラ……」

男は夢遊病者のような足取りで森の奥深くへ分け入っていく。

三代目はローラという名の雌犬だった。ローラは先日旅立った。

最初の犬の死は男を打ちのめした。だが、男はそこから立ち直り、二代目の犬を飼った。その犬が初代の犬と同じ癌に冒されたと知った時、男はまたしても打ちのめされた。

バーニーズは癌に冒されることが極めて多い犬種だった。だが、初代の犬の死が男を強くしていた。男は妻と共に献身的に犬の看病をし、息を引き取るその瞬間まで世話を焼いた。

別れは哀《かな》しかったが、打ちひしがれることはなかった。最後まで愛した。飼い主の責任を全うし、犬を旅立たせてやった。そういう思いがあったからだ。

ローラは、その二代目が四歳になったときに迎え入れた。賢い女の子で、男にも妻にもそして二代目の犬にもよく懐き、従順だった。

男はローラを溺愛した。ローラはその愛情によく応え、男の考えることを先読みし、男を喜ばせた。

最初の二頭と比べると、ローラは健康な個体だった。食欲は旺盛で下痢をすることもほとんどなく、病気らしい病気に罹《かか》ったことがない。

初代も二代目も腸が弱かった。腸は免疫を司《つかさど》る臓器だ。だから、二頭は頻繁に下痢をし、よく病気になった。バーニーズというのはそういう犬種だと男は達観していた。

だが、ローラは違ったのだ。健康で愛らしく、従順。

男にとって、ローラは理想の犬だった。

初代と二代目は十歳になるずっと前に旅立ってしまった。だが、ローラは十歳を過ぎても元気で自分のそばにいてくれるだろう。

男はなんの根拠もなくそう信じ込んでいた。

そのローラが三日前に旅立ったのだ。男の出張中だった。妻からの突然の電話で悲報に接した男は、宿泊先のビジネスホテルの部屋で号泣した。初代も二代目も自分の腕の中で旅立たせてやることができた。なのに、ローラは男の留守中に旅立ったのだ。まだ何年も生きてくれるはずだったのに、突然、なんの前触れもなく旅立ったのだ。

子宮蓄膿《ちくのう》症《しょう》だと妻は言った。子宮内部に小さな穴が開き、そこから膿《うみ》が漏れ出て腹膜炎を併発した。手術の甲斐《かい》もなく、ローラは呆気《あっけ》なく旅立った。

確かに、出張に出かける前からローラの様子はおかしかった。どことなく元気がなさそうで、散歩に出てもすぐに帰りたがった。

暑いせいだと思っていた。梅雨があけ、夏がその猛威をふるっていた。ローラは極端に暑がりの犬だったのだ。

だが、あれが子宮蓄膿症のサインだったのだとしたら――何度も同じ考えが頭をよぎり、そのたびに自分に対する怒りが燃え上がる。

ローラを死なせたのは自分だ。なんの根拠もないくせに長生きしてくれると思い込み、病気に対する心構えができていなかった。

バーニーズなのに。なにが起きても、どんな病魔に襲われてもおかしくない犬種なのに。

二代目まではどんな些細《ささい》なことも見逃さず、おかしなところがあると感じたらすぐに獣医の元へ駆けつけた。取り越し苦労だと獣医に呆《あき》れられたことも数知れない。それなのに、ローラの異変には気づかなかった。いや、気づいていたくせにたいしたことはないと決めてかかっていた。

そしてローラを死なせたのだ。

男は打ちひしがれた。泣いても泣いても涙は涸《か》れることがなかった。心が重く苦しく、身体がばらばらになってしまいそうだった。

だから、男は森へやって来た。ローラが好きだった森。いつも満面の笑みを浮かべて走りまわっていた森。

男は骨壺《こつつぼ》を抱えていた。この森のどこかに散骨するつもりだった。

だが、森の中をさまよっていると、想い出が次から次へとよみがえってきた。楽しかったはずの想い出が男を苦しめた。

ローラはまだ六歳だったのだ。もっと長く一緒にいるはずだった。それなのに——。早世するにしても、これまでの二頭と同様、自分の腕の中で逝かせてやりたかった。それができなかったとしても、最後の最後までそばにいてやりたかった。なにも出張中に旅立つことはないではないか。それほどまでの罰を受けるような罪を犯したというのか。

なぜだ、なぜだ、なぜだ。

答えの出ない問いを発しながら、男は森の中をさまよい続ける。

男は突然足を止めた。耳を澄ます。

なにかの息遣いが聞こえたような気がしたのだ。この森には猪《いのしし》や鹿が生息している。もし、子連れの雌と遭遇してしまったのだとしたら、用心に越したことはない。

息遣いは途切れ途切れに聞こえた。どうやら森の中を走りまわっているらしい。しかし、足音は聞こえず、姿も見えない。生い茂った葉が風に揺れているだけだった。

だが、確かに息遣いは聞こえた。なにかが森の中を走りまわっている。それも複数の息遣いだ。

「ローラ？」

男は呟《つぶや》いた。

「マーゴット？」

また呟く。それは最初に飼った雌の名前だった。

「ウォーレン？」

二代目の雄犬の名前も口にした。

息遣いは、走りまわる大型犬のそれによく似ていた。男の耳には三頭の犬の息遣いに聞こえたのだ。

そんなはずはない。彼らが森の中を走りまわっているはずがない。

わかっていても、気持ちが揺らぐ。弱った心が彼らの姿を追い求めてしまう。

「いるのか？　いるんなら、姿を見せてくれ。頼む」

男は懇願した。だが、どれだけ待っても彼らが姿を現すことはなかった。ただ、森のどこかから、時折息遣いが聞こえてくるだけだった。

どれぐらい時間が経ったのだろう。男は立っているのに疲れ、ひときわ大きな木の根元に腰をおろした。目の前に、大きな木漏れ日が落ちていた。

「陽《ひ》だまりか……」

夏の盛りでもひんやりと涼しい森の中で、木漏れ日が落ちているところだけが夏色に輝き、熱を放っている。

森の中は涼しかった。市街地と五度は気温が違うだろう。木々の間を吹き抜ける風も街中のそれとは違って爽やかだった。

ローラは本当にこの森が好きだった。真夏でも涼しくて、野生動物の匂いがいたるところについている。匂いを嗅ぎ、別の匂いを求めて駆け回り、また匂いを嗅ぐ。同じことを飽きもせずに繰り返していた。

ローラの真剣な眼差《まなざ》しが恋しい。柔らかい毛並みが恋しい。なにより、男にだけ向けてくれるとびきりの笑顔が懐かしい。

ワンちゃんでもこんなふうに笑うんですね——ローラの笑顔を見た人間は大抵、同じような感想をもらした。

本当に嬉《うれ》しそうに、幸せそうに笑うのだ。

「ローラ……」

男は溢《あふ》れそうになる涙をこらえるために目を閉じた。柔らかい風が頬を撫《な》でていく。すぐ近くにある陽だまりから放たれる温もりが感じられる。

突然、眠気に襲われた。

ローラが死んだと聞かされたその時から、一睡もしていないことを男は思い出した。

出張先のホテルでまんじりともしないまま夜明けを迎え、朝一番の飛行機に飛び乗り、自宅に戻ってからはローラの亡骸《なきがら》の前でひたすらに泣き続けていたのだ。

「少しだけ寝るか。どうせ、家に帰っても寝られやしないんだ」

男は呟き、睡魔に身を任せた。

2

また息遣いを感じて目が覚めた。目を開け、瞬《まばた》きを繰り返す。

大きな陽だまりの中に三頭の犬が座っていた。

ちがそこにいた。

男は凍りついた。マーゴットにウォーレン、そしてローラ。男が愛し、愛された犬た
「お、おまえたち……」

立ち上がろうとしたが身体が動かなかった。手を伸ばそうとしても同じことだった。

夢だ。これは夢なのだ。

三頭に会えたという喜びが、穴のあいた風船のように萎《しぼ》んでゆく。

こんな夢は哀しいだけだ。

男は目を閉じる。もう一度深い眠りの中に逃げ込みたい。

ねえ――。

声がした。柔らかい女性の声だった。男は目を開けた。

ローラがあのとびきりの笑みを浮かべていた。

わたしはマーゴットとウォーレンがいるからだいじょうぶ。ちっとも寂しくないの。

ローラが言った。

そうだよ。ローラのことはぼくたちに任せておけばいいんだ。

ウォーレンが言った。

もう泣くのはやめて。あなたが哀しみ続けてると、ローラも辛《つら》くなるの。

マーゴットが言った。マーゴットもウォーレンも若々しい姿だった。

「おまえたち、喋《しゃべ》れるのか」

男は夢だということも忘れて口を開いた。

なにも哀しむことなんかないんだよ。

男の問いかけを無視してウォーレンが言った。

死んで別れ別れになるのは寂しいでしょう。でも、それ以上のことじゃないの。

マーゴットが言った。

だって、ぼくたち、いつもそばにいるんだよ。魂が繋《つな》がってるんだから、生きてるとか死んでるとか関係ないじゃん。

ウォーレンが言った。

「魂が繋がってる……」

男の声は掠《かす》れていた。

そう。出会った瞬間から、ぼくたちは魂の伴侶なんだよ。わかってなかったの？　ぼくたちはわかってたのになあ。

ウォーレンが呆れたように言った。

「魂の伴侶……」

そう。英語じゃソウルメイトって言うんだって。

「魂の伴侶。魂の伴侶。魂の伴侶」

男は壊れたレコードのように同じ言葉を繰り返した。口にするたびに、その言葉が胸に染みこんでくる。

わたしたちの魂は深く繋がってるの。死んだからって、その繋がりは切れないのよ。

マーゴットが言った。ローラは口を開かないが、微笑《ほほえ》んでいる。

ローラ、おいで。遊ぼう。

ウォーレンがいきなり駆けだした。ローラがその後を追う。夏の森の中で、ウォーレンとローラの追いかけっこがはじまった。

「お、おお、おおお」

男は声にならない声をあげた。まだ若く元気だったウォーレンとローラがこの森で追いかけっこをしながら駆け回っていた。その時の記憶が鮮明によみがえった。

ウォーレンが旅立った後も、折に触れてあのときの二頭をもう一度見ることができたならと考えた。笑みを浮かべて駆け回る二頭をもう一度見ることができるのなら、なにを差し出してもいい——本気でそう思うこともしばしばあった。

ウォーレンとローラが、森の中を駆け回っている。さっきから聞こえていた息遣いは彼らのものだったのだ。

わたしもウォーレンも見違えるほど若々しくなったでしょう。

ウォーレンとローラを優しいまなざしで見守りながらマーゴットが言った。

年老いて病魔に冒された肉体から解き放たれて、わたしたち、本当に自由なの。見て、ウォーレンとローラを。幸せそうでしょう。

「死んだ方が幸せだというのか」

そうじゃないわ。そっちの世界にいてもこっちの世界にいても、なにも変わらないってこと。いいえ、こっちの世界の方が、もしかしたらわたしたちにはいいかもしれないわね。

「だったら、どうしてこっちの世界にやって来たんだ。こっちはおまえたち犬にとっていいことばかりじゃないだろう。愛されない犬がいる。捨てられる犬がいる。殺される犬がいる。なのに、どうしておまえたちは生まれてくるんだ」

決まってるじゃない。

マーゴットの目が男を射貫いた。

わたしとウォーレンとローラはあなたと出会うためにそっちの世界に生を享《う》けたのよ。

「おれと出会うため?」

そう。あなたと魂の伴侶になるため。あなたを愛し、あなたに愛されるため。わたしたちはだれかを愛さないと、だれかに愛されないと幸せじゃないの。だから、だれにも愛されなかった犬たちはこっちに来ても、そんなに嬉しそうじゃないわ。

「おれと出会うため……おれと魂の伴侶になるため」

男はウォーレンとローラに目を向けた。二頭は相変わらず駆け回っている。だが、足音は聞こえず、二頭が踏みしめているはずの大地で草や土が弾むこともない。

あなたと出会えて、わたしたち、本当に幸せだったのよ。わかってるでしょう。

男はうなずいた。マーゴットとウォーレン、そしてローラが幸せだったことはわかっている。だからこそ、別れが哀しいのだ。なにより、息を引き取るその瞬間にローラのそばにいてやれなかったことが悔やまれてならないのだ。

哀しむことも悔やむこともないのよ。魂は繋がってるんだから。離ればなれになったわけじゃないんだから。見ることはできなくても、心を澄ましたら感じるはずよ、わたしたちの気配。わたしたちの息遣い。さっき、聞こえてたでしょう。

そうだ。ウォーレンたちの息遣いが聞こえていた。ただ、それが彼らのものだということに気づけなかっただけだ。

ねえ。

ローラが目の前にいた。男はウォーレンの方に目をやった。いつの間にか、ウォーレンの追いかけっこの相手がマーゴットに変わっていた。

お願いがあるの。

ローラは微笑んでいる。生きていた時と変わらず、男にとびきりの笑顔を向けている。

「なんだい？」

新しい犬を迎えてあげて。わたしたちにしてくれたようにその子を愛して慈しんであげて。そうしたら、わたしたちも嬉しいから。だって、その子、わたしたちの群れの一員になるのよ。魂の伴侶のひとりになるの。

「いつまでも哀しんでちゃダメなんだな。おまえも辛くなるんだな」

ローラがうなずいた。

「わかった。新しい犬を迎えるよ。その子を愛して慈しむ」

その子もあなたを愛して慈しんでくれるのよ。だって、その子は——。

「魂の伴侶だから。そうだな」

ローラの顔に浮かんだ笑みが広がっていく。

大好き。

ローラが言った。

「おれもおまえたちが大好きだった。いや、今でも大好きだ」

またね。

ローラの姿が薄れていく。すでに、ウォーレンとマーゴットの姿はなかった。

寂しさに胸が引き裂かれそうだったが、男は耐えた。魂で繋がっているのだ。哀しむことはない。嘆くことはない。

「またな」

男は消えていくローラに別れを告げた。

3

男は目覚めた。

夢を見ていたようだが、内容は皆目思い出せなかった。だが、うたた寝をする前に比べて、心が満たされているのを感じていた。

男は携帯を取りだし、妻に電話をかけた。明日、懇意にしているブリーダーのところへ行こうと語った。新しい子を迎えようと告げた。

妻は驚いていたが、異議は唱えなかった。犬を失って打ちひしがれている男を救えるのは別の犬だけだと心得ているのだ。

森の奥に分け入り、渓流に出くわしたところで男は骨壺の蓋を開けた。清らかな流れの中にローラの遺骨を撒《ま》いた。マーゴットの骨も、ウォーレンの骨も、ここに撒いたのだ。

さよなら、ローラ——そう口にしようとして、男は思いとどまった。代わりに思いもよらない言葉が口をついて出てきた。

「魂の伴侶《ソウルメイト》、か」

なぜそんな言葉を思い浮かべたのかと首を捻《ひね》りながら帰途に就く。
途中、森の中で生き物の息遣いが聞こえた。
男は自分でも気づかぬうちに微笑んでいた。

解説

東えりか

馳星周が書くものといえば「ノワール小説」が頭に浮かぶ。

一九九六年に『不夜城』でデビューしてから二十年以上経《た》つが、今でもそのイメージが強い。暗黒社会を舞台に謀略に明け暮れ、命をすり減らす人間模様を描けばピカイチで、このジャンルの小説を好み、読み続けるファンは非常に多い。

本人も、ノワールな雰囲気そのままに、表情のわからない黒いサングラスに葉巻を咥《くわ》えたポートレートが出回っている。人の心の暗い部分を描く馳星周という作家が怖いと信じている人は多い。若い編集者やフリーライターたちがビビる気持ちがよくわかる迫力満点の風貌をしている。

実際、人嫌いだと公言し、住まいのある軽井沢から東京に出てくることは珍しい。文学賞の選考委員や新刊のパブリシティなどで上京するときは、彼のブログ「ワルテルと天使たちと小説家」(http://walterb.blog103.fc2.com/)で都会に対する呪詛《じゅそ》の言葉を吐きまくる。彼にとって軽井沢の生活が一番心地いいのだろう。新宿の歌舞伎町でバーテンのアルバイトをしていたり、夜の六本木で飲んだくれたりした日々はもう遠く過ぎ去ってしまったようだ。

軽井沢の環境は彼の体も変えた。かつての不健康そうな体形はすっかり変わり、スリムで精悍《せいかん》になった。

軽井沢に移住した理由が「犬」だったことはつとに有名だ。ノワールな作家、馳星周のもうひとつの一面が「犬好き」である。文壇きっての愛犬家でバーニーズ・マウンテン・ドッグという種類を飼い続けている。

犬たちに向き合うと、馳さんは相好を崩しメロメロになる。病気になった初代の愛犬である「マージ」のために、犬といい環境で暮らしたいと土地を探し、東京から軽井沢に移り住んだくらいなのだ。

十一年一緒に暮らしたマージとの別れの日々をつづった『走ろうぜ、マージ』（角川文庫）は大型犬を飼う人たちの一種のバイブルのようになっている。

バーニーズやその他の純血種に発症する可能性の高い「悪性組織球症」は発見から死までの時間が短い。飼い主は混乱し必死に情報を得ようとする。この本で心が軽くなった飼い主は多いだろう。

ノワール小説家の強面《こわもて》作家が犬と人との物語『ソウルメイト』を上梓《じょうし》したのは二〇一三年のことだ（二〇一五年、集英社文庫）。この作品は多くの犬好きの心を摑《つか》み、新しいファンを獲得した。チワワ。ボルゾイ。柴。コーギー。シェパード。ジャック・ラッセル。そしてバーニーズ。同じ犬科でも、大きさや性格、扱いやすさなど全く違っている。その差を使って、人間との関わりの機微を描いた短編集は犬好きならずとも楽しめる一冊となった。

特にこの本の冒頭に掲げられた、広く世界に知られている「犬の十戒」という詩は、犬飼いが知りたい「犬の気持ち」をよく表していると思う。興味を持った人はぜひ『ソウルメイト』を手に取ってほしい。

新刊『陽だまりの天使たち　ソウルメイトⅡ』もまた様々な場面での犬と人との交流を描いていく。前作よりも「命」に重きを置いている印象だ。人間に都合の良い育種をされ、商品としてショーケースに入れられ消費される犬たち。人はひとたびこの命に関わったら、最後まで面倒を見なくてはならない。魂の伴侶として大事にしていても、ペットは人間より寿命が短い。人間は犬たちにどうしてやればいいか、その問いが突き付けられる。

七つの短編小説のタイトルはすべて犬の種類。それぞれの特徴をよく表しているうえに、個性がよく出ている。そこが魅力的だ。

気難しく誰も受け入れなかった保護犬のトイ・プードルとある少女の運命的な出会い。妻に先立たれ、侘《わび》しく雑種の犬と暮らす老人の元にやってきたのはイリオモテヤマネコの子供。包容力のあるミックス犬は子猫を育て始める。

視力を失なった偏屈な小説家のもとにやってきたラブラドール・レトリーバーの盲導犬。人に従い仕事に忠実なことが幸せなのか。

ファニーフェイスのバセット・ハウンドだが、亜紀の家にやってきたのは生まれてすぐに母犬に噛《か》まれて醜くなってしまった犬。だが天使《アンジェ》という名前は伊達じゃなかった。

長年一緒に暮らしたフラットコーテッド・レトリーバーの最後の時。家族が決断したことは正解だったのか。

自殺を企てた男のもとに一匹のフレンチ・ブルドッグが現れた。この犬を助けるために男は生きることを決意する。

そして馳家の宝物、歴代のバーニーズ・マウンテン・ドッグを偲《しの》ぶ最後の物語。

こんな様々な種類の犬の小説を書き分けられるのには訳がある。

軽井沢という土地は別荘地として有名だが、都会から移り住み「犬を飼う」という夢を実現する人も多い。

特に都会では難しい大型犬を連れている人をよく見かける。多頭飼いをする人も多い。

数年前、私は、ボルゾイと一緒に軽井沢に移り住んだ知人を訪ねたことがある。たまたまその知人が馳さんとドッグラン仲間だったこともあり、彼のバーニーズたちと夕食を共にした。同行した友人のハスキーとコリーのミックス犬も加わり、家の中は大型犬だらけとなったとき、一瞬、緊張感が走った。

だが彼らはジェントルだった。お互いを認め、すぐに良好な関係を築いた。それはちょっと不思議な雰囲気で、静かな山の中にしっくりときた。人間にとっても居心地のいい空間が作られたのだ。

犬種によって性格に違いがあるのは当然だが、それぞれの犬にも個性がある。育ってきた環境が違えば、性格が違うのは当たり前。出会った最初から全幅の信頼を置く犬もいれば、最後の最後まで疑うことを忘れないヤツもいる。

私の実家では、代々、ヨークシャー・テリアの保護犬を飼っているが、とても同じ犬種だとは思えないほど気性が違う。ちょっと知り合いだが他人である私だからこそ、彼らの態度は露骨だ。愛想がいいのも悪いのも、可愛《かわい》いのは可愛いのだが。

犬を飼うには覚悟がいる。本書に登場する動物のレスキュー団体を主宰する神晃《じんあきら》が語る「動物を飼うということ」のあれこれは、馳星周という作家が愛犬に対して長年思い、語ってきたことである。可愛いというだけで、ペットショップで買った人が、何らかの理由で飼いきれないと保健所に連れて行くなどあってはならないこと。各地の保健所や保護団体などの活動がここ数年ようやく実り、殺処分は減少している。

その反面、ペットブームに乗り劣悪な繁殖施設の崩壊のニュースは絶えることがない。犬の寿命は短い。病気に気を付けてやるのは当然だが、人も犬も快適に機嫌よく過ごしたい。馳さんが代々飼った犬たちとの楽しい生活も、つらい別れも、小説の中に生きている。動物を飼ったことのある人、ペットを愛している人なら自分の経験と照らし合わせ、記憶を甦《よみがえ》らせるだろう。ペットを失った悲しみの記憶は徐々に遠くなるとは言え、決して消えるものではない。

長く暮らした犬が、病気となったり寿命を迎えたりしたとき、手を尽くし愛情を注ぎこみ、生涯を全うさせ、最後まで面倒をみられた飼い主は幸せである。だが事故や急病で、突然の別れを迎えてしまったとき、飼い主は後悔でのたうちまわる。

馳さんにもそんな経験がある。細心の注意を払ってきても思いもかけぬ別れがあった。彼が不在のときに愛犬が突然死したのだ。ブログでそのことを知ったとき、多くの読者は胸を痛めた。悲しみや後悔はいかばかりであっただろう。

だが、長年の犬飼いとしての経験はその反省を心に刻み、新しい群れを作り上げようとしたのだ。いま馳さんの自宅には何代目かのバーニーズ・マウンテン・ドッグが二匹いる。ブログを覗《のぞ》くと、犬たちのご機嫌な写真が並んでいる。ボスである馳さんを見る犬たちの目には全幅の信頼がある。

二〇一八年、「ソウルメイト」シリーズの続編ともいうべき新刊『雨降る森の犬』が上梓された。

この物語の主人公は雨音《あまね》という中学二年生の少女である。母との軋轢《あつれき》のため伯父の住む蓼科《たてしな》にやってきた。伯父の愛犬、バーニーズのワルテルという牡犬《おすいぬ》は扱いの難しい犬だった。隣の別荘にやってくる高校生の少年との友情を織り込み、犬と少女の特別な関係を描いている。

かつて馳さんもワルテルという名の犬を飼っていた。この本と同じようにかなり気難しい犬だったようだ。雨音という少女も実際の姪《めい》がモデルだとか。軽井沢と蓼科という舞台は違うが、信州の山に登った時の風景や光の加減など、馳さんが日々経験しているだけにとてもリアルだ。地元民ではないだけに、あまり慣れあわない住民たちの関係も心地よい。

飼い主はボスであり、家族が群れであることによって、周りとの関係を築いていく様子を丁寧に綴《つづ》っていく。ソウルメイトは犬だけでなく人にも当てはまるのだと気付かせてくれる小説だ。

魂《ソウル》の伴侶《メイト》とはペットと飼い主のことだけではないのだ。血の繋《つな》がることだけが家族なのでもない。

あなたにとってのソウルメイトは誰か。この小説を読み終わったとき、傍らにいるソウルメイトを抱きしめてしまうに違いない。

（あづま・えりか　書評家）

初出

巻頭詩　いつもそばにいるよ　単行本刊行時書き下ろし

トイ・プードル　集英社WEB文芸「レンザブロー」二〇一四年二月

ミックス「青春と読書」二〇一四年六月号・七月号

ラブラドール・レトリーバー「青春と読書」二〇一四年八月号・九月号

バセット・ハウンド「青春と読書」二〇一四年十月号・十一月号

フラットコーテッド・レトリーバー「青春と読書」二〇一四年十二月号・二〇一五年一月号

フレンチ・ブルドッグ「青春と読書」二〇一五年二月号～五月号

バーニーズ・マウンテン・ドッグ　―魂の伴侶―　単行本刊行時書き下ろし

本書は、二〇一五年十月、集英社より刊行されました。

本文デザイン　オフィスキントン
本文イラスト　村尾亘

馳　星周

ソウルメイト

集英社文庫

犬とは人間の言葉で話し合うことはできない。でも、人間同士以上に心を交し合うことができる。思わず涙こぼれる人間と犬を巡る七つの物語。ノワールの旗手が贈る渾身の家族小説。

集英社文庫

陽《ひ》だまりの天使《てんし》たち　ソウルメイトⅡ

2018年10月25日　第1刷　　定価はカバーに表示してあります。
2020年10月13日　第3刷

著　者　馳《はせ》　星周《せいしゅう》

発行者　徳永　真

発行所　株式会社　集英社
東京都千代田区一ツ橋2-5-10　〒101-8050
電話　【編集部】03-3230-6095
【読者係】03-3230-6080
【販売部】03-3230-6393（書店専用）

印　刷　大日本印刷株式会社

製　本　大日本印刷株式会社

フォーマットデザイン　アリヤマデザインストア　　マークデザイン　居山浩二

ISBN978-4-08-745796-4 C0193